KB076879

괜찮다, 괜찮다, 괜찮다

2019년 6월 10일 제1판 제1쇄
2020년 8월 27일 제1판 제2쇄

지은이   강병철 외
펴낸이   강봉구

펴낸곳   작은숲출판사
등록번호   제406-2013-0000801호
주소   10880 경기도 파주시 신촌로 21-30(신촌동)
전화   070-4067-8560
팩스   0505-499-8560
홈페이지   http://cafe.daum.net/littlef2010
블로그   http://littlef2010.blog.me
이메일   littlef2010@daum.net

©최경실, 이성진, 이미숙, 이동현, 원미연, 김도석, 강병철, 전무용, 강봉구, 류지남

ISBN 979-11-6035-068-5   03810
값은 뒤표지에 있습니다.

작 은 숲
작은학교

대한민국 희망수업 4교시

괜찮다, 괜찮다, 괜찮다

최경실, 이성진, 이미숙, 이동현, 원미연, 김도식, 강병철, 전우용, 강원구, 류지남 지음

작은숲

머리말

────

아버지의 사연을 모십니다

1

아버지를 떠올리면 온몸이 시려 옵니다. 이 글을 쓴 필자들 모두 저
무는 연륜이니 아버지라는 호명조차 무거웠던 유년의 기억들입니다.
식민지시대와 대동아전쟁, 6·25와 독재 시국에서 혼신으로 식솔을 지
키던 이름자들입니다. 그리고 자본주의의 약진이 자리를 잡았을 새천
년 즈음 몸이 쇠했거나 세상과 작별을 했으니 그 신산고초의 무게를 형
용할 수 없습니다.

2

먼저 따뜻한 사연입니다. 소월의 「초혼」을 노래하던 초로의 조부가

망아지만 한 손녀의 머리카락을 말려 주는 풍경이 아른거립니다. 아들의 잃어버린 교과서를 구하기 위해 소도시 책방을 헤매신 아버지의 부성애도 진하게 아련합니다. 또 있습니다. 쉰둥이 막내아들의 고입 시험 동행 때 여관방 타고 침입하는 깨꽃 같은 신음소리를 모르쇠 견디던 부자지간 장면이 그것입니다. 그 후 혼자 남은 어머니의 오토바이를 타고 온 사랑 이야기가 참으로 풋풋합니다.

다음으로 애잔함입니다. 집 나간 막내딸을 찾다가 마루에 앉아 후엉후엉 울음을 토하는 가장의 모습은 '울 수 없는 공간'에의 토로입니다. 동족상쟁 좌우 이데올로기의 소용돌이에서 월남한 후 북녘 땅에 두고 온 핏줄을 떠올리는 굿마당의 처연함도 마찬가지입니다. 국립 사범대생인 막내아들의 자취방에서 동침하지 못한 채 쓸쓸히 돌아서는 아버지를 떠올리며 제방뚝에서 흐느끼던 덩치 큰 아들의 황소울음도 시나

브로 자양분으로 탈바꿈될 것입니다.

마지막으로 아픈 시국입니다. 일본 밀정에게 무시무시한 구타를 당했던 청년은 식민지 학도병으로 끌려간 블라디보스토크 전쟁터에서 탈영을 감행합니다. 노근리 쌍굴다리에서 백수십 구의 주검을 겪은 또 다른 분단시대 청년은 끝까지 침묵을 지키다가 학살 사건이 조명되던 60년 후에야 비로소 입을 뗍니다. 독재 타도를 외치다가 감옥에 끌려간 아들을 공들여 꺼내 오고도 말 한 마디 건네지 못한 아버지의 가슴도 모두 자식들을 열혈청년으로 키운 업보입니다.

3

아버지의 그늘에서 그렇게 뿌리내리고 대궁을 키웠습니다. 그들의 둥지에서 바람막이 받은 채 등허리 데우다가 몸피 키우며 역사를 배우고 정의를 외쳤습니다. 그렇습니다. 자식들이 거친 격랑과 싸울수록 아버지는 응달진 그늘에 남아 외롭게 씨앗 뿌렸습니다. 그들이 강물처럼 넉넉한 웃음 지운 채 골목길 어디쯤에서 흘린 낟알 헤아리던 이유였습니다.

이제 비로소 아버지의 깊은 사랑을 전해 드립니다. 예전의 그 뒷모습의 닮은꼴을 확인하며 지난했던 세월들을 사무치게 반추합니다. 이 땅의 모든 독자들과 그날의 사연을 공유하고 싶습니다.

2019년 새봄에 강병철 모심

차례

최경실

프로테고 토탈룸!
나의 해리포터

내게는 할아버지가 세상 어떤 고난도 이겨 내는 작지만 큰 소년 해리포터였다. 고아였던 소년 해리포터는 온갖 멸시를 견디며 계단 밑 벽장에서 어린 시절을 견뎌 내고 나중에는 친구와 이웃들을 구하게 된다. 편견에 맞섰고 불의와 싸우며 작고 여린 존재들과 우정을 나눴다는 점에서 할아버지와 해리포터는 많이 닮았다. 해피포터 이마의 흉터처럼 할아버지의 장애는 삶의 역경을 이겨 내는 마법의 상징이 되었다. 돌아보니 할아버지 곁에 있었던 나의 어린 시절은 언제나 · 프로테고 토탈룸 · 의 마법이 펼쳐지는 나날이었다.

최경실

충남 청양에서 외할머니가 해 준 따순 밥의 힘과 외할아버지의 응원 덕분에 말괄량이 삐삐처럼 자라났다. 눈치를 볼 줄 몰라 미움도 받았고, 눈을 볼 줄 알아 사랑도 받았다. '따듯한 바위'라는 이름을 가진 마을의 산기슭, 빨간 함석지붕, 윤기 나는 대청마루, 조그만 마당 있는 집이 내 정서의 뿌리를 만들어줬다. 호두나무가 있는 뒤뜰로 가면 산으로 이어지는 길이 있어 어린 시절 내내 산허리를 휘감고 뛰어다니다 보니 밤나무 등걸 같은 허벅지를 얻었다. 덕분에 세상의 어퍼컷에 흔들릴지언정 쓰러지지는 않았다. 열한 살의 나이에 동네 오빠의 사랑 고백을 받았다. 아무 대답도 못하고 지나갔다. 그 후로 고백이라는 형식의 사랑은 찾아오지 않았고 오히려 나의 고백은 늘어갔다. 서투른 나의 고백을 받아준 사람은 아들과 제자들이었다. 이들과 26년을 함께 했다. 돌아보니 내가 돌보거나 가르친 것이 아니고 배우고 보살핌을 받은 날들이었다. 나의 스승들은 잘 있는지 그립고 그리워 지금도 학교 울타리를 기웃거리는 중이다.

그날의 풍경이
건네는 말

    운동장에서 놀던 아이들이 약속이라도 한 듯 한꺼번에 몰려와 우리 두 사람을 에워쌌다. 교실에 있던 아이들까지 모두 뛰쳐나왔을 것이다. 이제 막 교문에 들어선 할아버지와 나는 순식간에 전교생에게 둘러싸였고 시끌벅적하던 운동장은 갑자기 조용해졌다. 이마 위에 떨어지는 한낮의 태양이 뜨거웠다. 우리를 향하는 아이들의 눈빛도 뜨거웠다. 우리와 아이들 사이의 공간을 가득 메운 침묵도 뜨거웠다. 숨이 막힐 것 같은 고요 속에 할아버지는 내 손을 잡고 교무실 쪽으로 말없이 걸어가셨다. 모세의 기적처럼 막막한 바다에 길이 열리듯 교무실로 향하는 길이 시나브로 터졌다.

외할아버지 고향인 충청도 시골 초등학교로 전학 오던 날의 풍경이다. 아이들이 할아버지와 나를 쳐다보던 순간은 40여 년이 지난 지금도 생생하게 기억난다. 할아버지와 나를 둘러싼 아이들의 눈빛은 낯선 존재에 대한 호기심과 이질감, 장애인에 대한 편견이나 동정 같은 것들이 뒤섞인 것이었을 텐데 어린 나는 아무 생각이 들지 않았다. 오히려 우리 두 사람을 구경하기 위해 아이들이 둥글게 모여 있다는 사실이 신기할 뿐이었다. 멀지도 가깝지도 않은 거리를 두고 아이들과 내가 서로 바라보던 순간에 특별한 느낌이 내 속에 일어나고 있었다. 그것은 슬픔, 기쁨, 설레임, 노여움 같은 감정은 아니었다. 시공간 이동이 가능한 5차원의 세계를 만난 듯한 느낌이었다. 오래된 그 장면이 지금도 또렷하게 생각나는 이유는 무엇일까? 그날의 일은 기억 속에서 사라지지 않고 살아 있는 풍경이 되어 지금의 나에게 무엇을 말하고 싶은 것일까?

그날 나와 할아버지를 관찰하던 아이들 중 몇 명이 그 후로 오랫동안 나를 쫓아다니며 짓궂게 놀려 대곤 했다. 그중에 사내아이 한

괜찮다, 괜찮다, 괜찮다

명은 어처구니없게 연애편지를 써서 내 신발에 넣어 놓았다. 할아버지의 장애를 가장 많이 놀리던 아이였다.

"꼽추래요~ 꼽추래요~ 쟤네 할아버지 꼽추래요."

놀림을 받을 때마다 나는 그 아이를 쫓아갔다. 아무리 달려도 거리는 좁혀지지 않았다. 그 애는 우리 반에서 제일 잘 달렸고 나는 달리기라면 늘 꼴찌였다. 그럼에도 불구하고 죽기 살기로 쫓아가면 잡을 줄 알았다. 꼭 잡고 싶었다. 붙잡아 따져 묻고 싶었다. 할아버지가 왜 놀림을 받아야 하는지. 어찌나 잘 달리는지 아무리 쫓아가도 아이와의 거리는 좁혀지지 않았다. 가끔 멈춰 서서 나를 돌아보기도 한 그 애를 결국엔 따라잡지 못했다.

그 애의 모습이 사라지고 마을 개울가에 주저앉아 얼마나 울었는지 모른다. 한참을 울다 보면 어둑발이 외로움과 함께 밀려왔다. 분하고 억울하고 슬펐다. 위로받아야 할 할아버지의 상처와 슬픔이 놀림감이 되는 현실에 화가 났다. 눈물로 얼룩진 얼굴을 개울물에 씻고 집으로 돌아가면 무슨 일 있었냐고 할아버지가 물으셨지만 사실 대로 말할 수는 없었다. 할아버지에게 그건 더 아픈 일일 테니까. 그때 열 살박이 소녀였던 나는 겉으로 웬만해선 기죽지 않는 당찬 얼굴을 하고 있었지만 속으로는 생각과 눈물이 많은 아이였다.

튼튼하고 당당한
마음의 세계를 가지다

외할아버지는 태어날 때부터 척추 장애인은 아니었다. 잘 생기고 총명한 할아버지는 첫돌을 맞아 차려진 돌상에서 활을 잡았다고 한다. 돌잡이 물건을 보고 아이의 미래를 점치던 어른들은 훌륭한 장군이 집안에 났다며 좋아하셨다 한다. 건강하고 명석한 아이로 자라나던 소년의 나이가 열 살이 되었을 때였다. 그 시기 우리나라는 국권을 빼앗기고 억압과 약탈을 겪던 일본의 식민지였다.

식민지의 그늘이 짙게 드리워져 있던 어느 날 동네 개울가에 세워진 자전거 한 대가 어린 소년이었던 할아버지 눈에 들어온 것이 비극의 발단이었다. 지금이야 특별할 것 없는 흔한 물건이지만, 개화기였던 시절 열 살 시골 소년의 눈에는 자전거가 얼마나 신기하고 멋져보였겠는가. 할아버지는 타 보고 싶었지만 주인의 허락을 받은 것이 아니므로 슬쩍 만져만 보았다. 그런데 별안간 나타난 일본 순사가 어린 소년을 무자비하게 걷어차는 바람에 소년은 넘어지면서 돌부리에 척추를 다친 것이다. 할아버지는 그 뒤로 오랫동안 병석에 누워 있었고, 결국 척추가 어긋나 등이 굽으면서 장애를 갖게 되었다. 할아버지 형제들 모두 키가 크셨던 것으로 보아 내 할아버지도 그때 다치지 않았다면 훤칠하게 키가 큰 어른이 되었을 것이다.

할아버지가 얼마나 절망했을지, 그 절망을 딛고 어떻게 살아 내셨을지 나는 감히 짐작조차 할 수 없다. 같은 또래 동무들이 하루가 다르게 변하며 소년에서 청년으로 성장하는 동안 자신의 등에 산처럼 솟아나는 뼈를 확인하는 아픔을 어떻게 견디셨을지. 사람들에게 '곱사등이, 꼽추'라고 불리며 살아야 했던 시간을 어떻게 지나오셨을지. 건강이 악화되면서 작은 암자로 들어갈 수밖에 없던 젊은 시절을 어떻게 보내셨을지.

할아버지는 가파른 운명의 산맥을 넘으며 지독한 상처를 이겨 내셨다. 신체적 결핍에 대한 우울과 열등감에 빠지지 않고 오히려 세상을 깊이 있고 넉넉하게 바라보는 어른이 되셨다. 고통으로 웅크렸던 시간을 지나 있는 그대로 자신을 긍정하고 사랑하게 되기까지 할아버지는 팍팍한 마음의 산을 넘고 또 넘었을 것이다. 번듯하고 건강한 몸을 잃었지만 튼튼하고 당당한 마음의 세계를 가진 나의 할아버지. 아버지가 없어도 외롭거나 허전해하지 않고 낙천적이고 당당했던 내 뒤에는 늘 할아버지가 계셨다. 아버지 잃은 외손녀를 거두어 사랑으로 키워 주신 그 분이야말로 나에게 세상에서 가장 크고 훌륭한 아버지였다.

서로의 배경이
되다

세 살 때부터 줄곧 외가에서 살아온 나에게는 외갓집이라는 말이 낯설다. 외갓집이 곧 우리 집이었고 외할머니, 외할아버지가 나에게는 부모님이셨기 때문이다. 우리 동네에 할머니, 할아버지와 아이, 이렇게 셋이 사는 집은 우리 집뿐이었다. 언니, 오빠, 어머니, 아버지, 할아버지, 할머니 모두 모여 같이 사는 대가족이 많았고 그런 집 굴뚝에서는 늘 푸짐한 연기가 도란도란 피어올랐다. 저녁이면 온 동네에 자기 아이를 부르는 어머니들 목소리, 큰 지게에 두툼한 장작을 지고 가는 옆집 아버지가 조금은 부럽기도 했다. 가장인 외할아버지가 몸이 약하신 데다 연세도 있으시니 우리 집에는 굵은 장작 같은 땔감이 늘 부족했기 때문이다. 그것 말고는 다른 집 아버지가 하나도 부럽지 않았다.

굵은 장작이 없는 대신 우리 집엔 예쁜 꽃들이 많았다. 집으로 들어가는 길은 늘 향기로 가득했다. 백일홍이 양옆으로 나란히 서 있는 꽃길을 오르면 마당이 나오고 마당가에는 할아버지와 내 꽃밭이 있었다. 키 작은 채송화를 맨 앞줄에 심고, 채송화보다 조금 큰 서광과 나리꽃은 그 뒷줄, 옆으로 모란과 명자나무가 자리했다. 할아버지는 제일 큰 석류나무와 골담초를 맨 뒤에 두셨다. 붉은 석류 열매가 가지마다 한가득 열리면 반듯한 각목을 석류나무 곁에 버팀대 삼아 괴어 주셨다. 그 덕분에 열매의 무게 때문에 가지가 찢어지거나 부러지는 일은 일어나지 않았다. 할아버지와 나는 대청마루에 나란히 앉아서 말없이 꽃밭을 바라보곤 했다. 작은 꽃들이 까치발을 서지 않아도 되고, 큰 꽃나무가 고개를 수그리지 않아도 되는 우리의 꽃밭에서는 꽃들이 생긴 그대로 아름답게 빛났다. 꽃들은 서로를 가리지 않고 각자의 모양과 빛깔로 사이좋게 어우러져 곁에 있는 꽃이 아름답게 보이도록 서로의 배경이 되어 주었다.

괜찮다, 괜찮다

열두어 살 무렵 여름에 나는 깊은 물에 빠졌었다. 냇물에 긴 통나무를 가로질러 기대어 돌을 쌓아 만든 '미경보'라는 곳에서 벌어진 일이다. 겁이 많은 나는 주로 얕은 곳에서 물놀이를 했는데 어떤 아이가 갑자기 미는 바람에 깊은 곳으로 떠밀려 들어간 것이다. 바닥이 발에 닿지 않을 정도로 갑자기 깊어진 물속으로 쑥 빨려 들어갔다. 깊이를 알 수 없는 물속에서 허우적거리는 나를 헤엄 잘

치는 동네 오빠가 건져 주었다. 아주 짧은 시간이었겠지만 물속에 잠긴 순간 나는 태어나서 처음으로 겪는 깊고 무거운 공포를 보았다. 온몸에 열이 오르고 내리면서 며칠 동안을 앓았다. 얕은 잠에 들었다가도 깜짝깜짝 놀라 깨어나곤 했는데 그때마다 내 손을 잡고 있는 할아버지를 보면 안심하며 다시 잠들곤 했다. 그 뒤로 한동안 나는 할아버지 손을 잡지 않으면 잠들지 못했다. 몸이 다 낫고 나서도 계속 할아버지 손을 잡아야만 잠들 수 있었다.

할머니는 다 큰 애가 할아버지 손을 잡고 잔다고 나무라셨다. 할아버지 대신 온갖 들일과 집안일을 도맡아야 했던 할머니는 엄하고 억센 분이셨다. 몸이 온전치 못한 데다 한량 체질이었던 가장을 대신하느라 고왔던 심성이 거칠어질 수밖에 없었던 할머니를 철없는 나는 많이 도와드리지 못했다. 들일을 마치고 돌아오시기 전에 쌀 씻어 놓기, 비가 올 듯싶으면 빨래 걷어 놓기 등 할머니가 일러 놓은 일을 매번 잊곤 했다. 꽃밭의 개미를 들여다보거나 시냇물 속에서 반짝이는 조약돌 따위에 정신을 팔다 보면 늘 때를 놓쳐 할머니께 야단맞곤 했다.

그때마다 할아버지 등 뒤로 숨었다. 무서운 할머니가 앞에 계셔도 할아버지 등 뒤에서는 안전했다. 세상에 숨을 곳이 있다는 것은 숨 쉴 곳이 있다는 뜻이라고 할아버지 등 뒤에서 생각했다. 어릴 때 나는 누군가 급하게 닦아세우면 숨이 잘 쉬어지지 않는 아이였다. 불안하고 답답해서 큰 숨을 쉬어야 했다. 나만 갖고 있는 병인 줄 알았는데 할아버지도 그런다고 하셨다. 할아버지 곁에서는 언제나 편안했다. 나의 숨을 곳이며 안전지대인 할아버지를 든든한 배경 삼아 나는 다소 어긋난 행동이나 영악한 짓도 많이 하곤 했다. 하기 싫은 일을 잊어버린 척 안 할 때도 있었고, 새 신발을 갖고 싶어서 신고 다니던 멀쩡한 신발 한 짝을 몰래 버리기도 했다.

"어린 게 몰라서 그런 거지. 뭘 그런 걸 가지고 그래. 그럴 수도 있지."

할머니께 야단을 맞을 때마다 할아버지는 때가 되면 저절로 다 알게 된다, 모르면 좀 어떤가, 괜찮다, 괜찮다, 말씀하셨다. 할아버지 말씀 덕분에 나는 잘못을 저지른 아이가 아니라, 아직 어리기 때문에 잘 모르고 당연히 실수도 할 수 있는 예쁜 아이가 되었다.

그 예쁜 악동이 자주 감행한 만행은 어른들 몰래 곶감을 빼먹는 거였다. 우리 집에는 곶감이 많이 필요했다. 그래서 늦가을엔 할머니, 할아버지 두 분이 단단한 감 껍질을 손이 해지도록 벗겨 내고 공들여 말리셨다. 곶감은 말라 가는 모든 과정마다 맛이 달랐다. 반쯤 마른 곶감은 속살에 즙이 많고 겉은 적당이 말랑하여 식감도 부드럽고 달큰하다. 좀 더 시간이 지나면 곶감의 겉은 쫄깃해져 씹는 재미도 있고 더욱 달달해진다. 나는 할머니 몰래 곶감을 한 개 빼먹고 표시가 나지 않도록 곶감과 곶감 사이의 간격을 벌려

놓았다. 누가 보아도 감쪽같았다. 그런데 틈틈이 빼먹다 보니 나중에는 촘촘했던 곶감 사이의 공간이 점점 벌어져 휑하였다. 어쨌든 난 곶감 빼먹는 현장을 들킨 적은 없었다.

"아니, 이상하네. 곶감 수가 왜 이렇게 비는 거지?"

할머니는 의심의 눈으로 나를 쳐다보셨지만 할아버지께서는,

"쥐가 물어갔나 봐."

하시며 나를 향해 끔벅끔벅 눈을 떴다 감으셨다.

집안일이며 바깥일까지 대부분 혼자 감당하셨던 할머니는 힘든 일은 당신에게 맡긴 채 태평하게 꽃이나 가꾸며 철없는 손녀딸을 감싸기만 하는 할아버지가 참으로 야속했을 것이다. 할머니는 부지런하실 뿐 아니라 옳고 그름에 대한 분별이 확실하고 바른 말을 잘하는 분이셨다. 그러나 가난한 집안에 태어나 가세가 넉넉한 집안에 시집온 대가로 장애가 있는 남자의 반려자가 되어 평생을 순종하고 살았다. 남존여비라는 시대 분위기 탓도 있었겠지만 할아버지를 향한 애틋하고 짠한 마음이 있었기에 그리 사셨던 것이다. 반면 할아버지는 매사에 판단을 유보하며 있는 그대로 받아들이고 인정하는 것이 몸에 밴 분이셨다. 게다가 정이 많고 유머도 있으셨다. 할머니의 억센 생활력이 환경에 의한 것이듯, 할아버지의 그런 품성도 장애의 아픔을 딛고 어떻게든 살아 내야 했기 때문에 길러진 인생 내공이었을 것이다.

느리고 평화로운 시간이 그리워
마음은 젖은 머릿결이 된다

  초등학교를 졸업하고 사춘기에 접어든 중학생이 되고부터는 할아버지 손을 잡고 잠드는 버릇은 없어졌다. 그러나 여전히 계속된 것은 젖은 머리를 할아버지께 맡기는 일이었다. 할아버지는 내가 아주 어렸을 때부터 머리를 감겨 주고 말려 주셨다. 나는 유난히 숱이 많고 잘 달라붙는 머리카락을 가지고 있었는데 머리 감는 것을 싫어했고 머리 말리는 일은 더욱 귀찮아했다. 내가 젖은 머리로 밖에 나가려 하면 할아버지는 감기 걸린다고 걱정하시면서 손수 머리를 말려 주셨다. 마른 수건으로 물기를 찬찬히 닦아 내고 머리카락 사이로 손을 넣어서 살살 부채질을 해 주셨다. 머리카락 사이에서 물기가 날아가면 시원해지고 졸음이 기분 좋게 몰려왔다. 그 느낌이 어찌나 좋았던지 커서 나중에 엄마가 되면 내 아이의 머리를 이렇게 오래도록 말려 주겠다고 마음먹었다. 고등학생이 되었을 때 집에 헤어드라이어가 생겼지만 나는 할아버지가 안 계실 때만 드라이어를 사용했다. 대학생이 되고 나서도 할아버지가 계시면 일부러 젖은 머리로 돌아다녔고 할아버지는 기꺼이 말려 주시곤 했다. 할아버지가 머리를 말려 주시던 느리고 평화로운 시간들이 그립고 그리워서 낡은 드라이어를 볼 때마다 내 마음은 젖은 머릿결이 된다.

할아버지는 운동화도 손수 빨아 말려 주셨다. 입김이 보얗게 올라오는 추운 겨울 아침, 할아버지가 내어 주신 운동화는 산뜻하고 따스했다. 깨끗하게 빨아 부뚜막에 올려 놓았다가 신기 직전에 내어주신 보송보송한 운동화를 신고 학교로 향하는 발걸음이 얼마나 가볍고 따뜻했는지 모른다. 한창 예민한 중학생, 고등학생 시절에 그 따뜻한 신발을 신고 다녔으니, 내가 지금까지 언 땅을 녹일 열정을 품고 세상의 그늘을 찾아다닐 수 있었던 힘은 할아버지가 주신 따뜻한 신발에서 나온 게 아닐까?

문패도 번지수도 없는
주막의 노래

할아버지는 시와 노래를 좋아하셨다. 혼자서 한시를 읊기도 하고 노래를 부르기도 하던 할아버지가 서울에 다녀오신 어느 날 대청마루에 시와 그림이 있는 액자를 걸어 놓으셨다. 노을이 붉게 퍼지는 저녁, 검은 절벽에 사람이 걸터앉아 있는 그림을 배경으로 쓰인 시를 나는 소리 내어 읽어 보았다. 읽을수록 가슴 한쪽 어딘가 저릿하게 아파오는 시였다.

산산이 부서진 이름이여!

허공 중에 헤어진 이름이여!

불러도 주인 없는 이름이여!

부르다가 내가 죽을 이름이여!

심중에 남아 있는 말 한 마디는

끝끝내 마저 하지 못하였구나

사랑하던 그 사람이여!

사랑하던 그 사람이여!

— 김소월의 〈초혼〉 중에서

이 시가 김소월 시인의 〈초혼〉이라는 것을 나중에 알았지만, 소월의 시이면서 할아버지의 가슴에서 나온 노래라는 것은 이제야 알 것 같다. 말없이 시 앞에 자주 서 계시던 할아버지의 뒷모습을 기억한다. 마루를 건너온 노을빛이 할아버지의 뒷목에 붉었던가? 나는 아마도 아무 눈치 없이 "할아버지! 할아버지!" 부르며 옛날이야기를 해 달라고 졸랐을 것이다.

할아버지는 〈초혼〉을 왜 마음에 담으셨을까? 장애 때문에 차마 말하지 못했던 사랑, 이루지 못한 간절한 사랑이 할아버지에게도 있었을 것이다. 딱히 사랑 이야기가 아니라 몸을 다치면서 왜곡되

괜찮다, 괜찮다, 괜찮다

어진 삶의 아픔을 시에서 읽으셨을 지도 모르겠다. 〈초혼〉은 사랑하는 사람을 여읜 슬픔으로 읽거나 나라를 빼앗긴 비통함으로 해석하기도 하는 작품이다. 〈초혼〉의 절절한 마음 어딘가에 할아버지의 마음이 연결되었을 것이다. 조용히 체념하고 스스로를 다독이면서 꽃과 나무를 가꾸는 것만으로는 도저히 가라앉힐 수 없는, 때로는 터질 것 같은 할아버지의 격정이 〈초혼〉 속에 있었을까? 이 땅 어딘가에 자신과 같은 마음을 가지고 노래한 시인의 심중에 남아 있는 한마디를 생각하셨을까? 그때나 지금이나 나는 여전히 모른다. 할아버지 가슴으로 어떤 노래가 흘러가고 있었는지.

할아버지 돌아가신 뒤 유품을 정리하다가 할아버지가 쓰시던 낡은 카세트 라디오를 발견했다. 라디오를 겸해 노래 테이프를 재생하던 기계다. 어떤 노래를 듣고 계셨는지 궁금하여 플레이 버튼을 눌러 보았다. 헛기침 소리가 두어 번 나오고 어색한 침묵이 흐른 뒤.

"문패도 번지수도 없는 주막에 궂은 비 나리는 이 밤도 애절쿠려……."

이제는 들을 수 없는 할아버지의 목소리였다. 비오는 어느 날 홀로 고적하게 부르셨을 노래가 흘러 나왔다. 두 눈을 지그시 감고 노래를 부르시는 할아버지 모습이 눈에 선연히 떠오른다. 할아버지가 그 노래를 부르셨을 때 나는 너무 멀리 있었다. 자주 소식을 전하지 못했고 내 앞에 가로놓인 팍팍한 고개를 넘느라 애면글면 살고 있었다.

주문을 외워 보라
프로테고 토탈룸!

'프로테고 토탈룸!'

해리포터 이야기에 나오는 주문이다. '프로테고 토탈룸!'을 외치면 말한 사람과 그 주위를 보호하는 투명 방어막이 만들어진다. 〈해리포터와 죽음의 성물〉에서 해리포터와 친구 헤르미온느가 캠핑 장소를 보호하기 위해 썼던 주문이다. 주인공들은 투명한 방어막 안에서 안전할 수 있었다.

영화에서 이 장면을 보았을 때 신기하게도 초등학교 3학년 전학 오던 날의 풍경이 떠올랐다. 할아버지가 주문을 왼 것도 아니었는데 그날 나와 할아버지 그리고 구경꾼들의 사이엔 보이지 않는 마법의 방어막이 있었던 것 같다. 그러니까 상처일 수 있었던 그날의 장면이 내게 어떤 아픔으로 남아 있지 않은 것이다. 다수의 구경꾼들에 탐색되고 있었을 순간의 나는 신기하게도 의연했다. 오히려 안전한 공간 안에서 밖을 내다보듯 작고 어린 나는 위축되지 않고 구경

괜찮다, 괜찮다, 괜찮다

꾼들을 당당하게 바라봤던 것이다.

　내게는 할아버지가 세상 어떤 고난도 이겨 내는 작지만 큰 소년 해리포터였다. 고아였던 소년 해리포터는 온갖 멸시를 견디며 계단 밑 벽장에서 어린 시절을 견뎌 내고 나중에는 친구와 이웃들을 구하게 된다. 편견에 맞섰고 불의와 싸우며 작고 여린 존재들과 우정을 나눴다는 점에서 할아버지와 해리포터는 많이 닮았다. 해피포터 이마의 흉터처럼 할아버지의 장애는 삶의 역경을 이겨 내는 마법의 상징이 되었다. 돌아보니 할아버지 곁에 있었던 나의 어린 시절은 언제나 '프로테고 토달룸'의 마법이 펼쳐지는 나날이었다.

　초등학교 3학년 작은 여자애의 손을 꼭 잡은 낯선 이방인. 어린 여자애만큼이나 작은 키의 어른. 솟은 등과 불룩 튀어나온 가슴 때문에 움츠리고 있는 듯 보이는 할아버지의 모습은 아이들의 눈길을 끌 수밖에 없다는 것을 할아버지는 잘 알고 계셨을 것이다. 그날 할머니와 함께 학교에 갔다면 우리는 아이들에게 구경거리가 되어 둘러싸일 일은 없었을 것이다. 그것을 다 알면서도 할아버지는 내 손을 잡고 학교에 가셨다. 낯선 곳에서 내가 잘 설 수 있도록 버팀목이 되고 싶으셨던 거다. 키는 작아도 마음만은 크셨던 할아버지에게 아이들의 시선쯤은 괜찮았던 것이다. 어떤 환경에서도 잡은 손을 놓지 않았던 나의 할아버지. 당신이 겪는 불편과 어려움은 아랑곳하지 않고 어린 손녀를 한사코 감싸 주셨던 사랑. 할아버지의 손은 어린 나의 슬픔, 두려움, 아픔의 시간을 어루만져 주셨다.

사랑은 어떤 어려움에도 무너지지 않을 힘을 준다. 험하고 거친 물길이 가로막아도 건널 수 있는 다리를 놓아 준다. 실수하고 잘못해도 '괜찮아, 잘한다. 그렇지. 되구 말구, 좋지.'라고 말해 준 나의 할아버지. 아낌없이 응원하고 지지해 준 할아버지가 계셨기에 흔들리고 비틀거릴지언정 무너지지 않고 여기까지 왔다.

나는 할아버지께 낯설고 다른 존재를 편견 없이 바라볼 수 있는 마음을 선물 받았다. 그리고 불행한 경험이나 상황은 내가 걸어 주는 이름표에 따라 다른 의미를 가지고 내게 온다는 것도 알게 해 주셨다. 장애를 가진 할아버지, 아버지의 부재가 나의 삶에 걸어 준 이름을 고맙게 생각한다.

영화 속에 펼쳐지는 어둠의 마법 같은 시련과 고난이 현실에 찾아와도 할아버지와 잡은 손을 기억하며 살아갈 것이다. 나도 할아버지처럼 작고 여린 존재들에게 손 내밀며 주문을 욀 것이다.

프로테고 토탈룸!

이성진

장소, 공간으로
기억된 아버지

나무 궤짝 1단에는 각종 장부와 통장, 그리고 현금이 있었다. 충청도 일대와 전라도 정읍까지 양초를 판매하러 다녔기 때문인지 지역 거래 장부가 가지런히 보관되어 있었다. 섣천이 월남해서 악착같이 살았던 삶이 나무 궤짝에 온전히 담아 있었던 것이다. 가장 밑단에는 다 헤어진 미군 배낭이 있었고, 그 위에는 고향에 두고 온 부모와 가족들에게 가져다 줄 옷과 패물들이 담겨 있었다. 맨 윗단에는 고향으로 돌아가기 위해 악착같이 돈을 벌려고 했던 삶의 현장이 담겨 있었다.

이성진

1960년 대전에서 태어나 한남대학교 국어국문학과를 졸업했다. 인천의 한 실업계 고교에서 국어교사로 30년 동안 근무했으며, 현재는 인천골목문화지킴이 대표, 인천뉴스 객원 편집위원으로 활동하고 있다.

인천

　아버지 고향은 평안북도 철산군 백량면 도암리였다. 1910년 임
자생으로 1951년 1·4 후퇴 때 월남했다. 그때 나이 42세. 그리고
이곳에서 재혼해 자식 낳고 살다가 1987년 11월 78세로 한 많은
세월을 뒤로 하셨다.

　둘째 작은아버지는 독실한 기독교인이어서 한국전쟁 이전에 월
남했고, 막내 작은아버지는 전쟁 직후 인민군 입대를 피해 월남했다.
아버지는 장손인 까닭에 집안 살림을 관리하고 집안 어른들을 모시

고 있어야만 했다. 그래서 전쟁 발발 이후에도 고향에 남아 있었다.

여름으로 접어들면서 한국 전쟁의 상황이 급박하게 진행되었다. 나이 마흔둘이었던 아버지에게까지 인민군 입대를 강요했다고 한다. 대지주였던 아버지는, 인민공화국이 들어서면서 토지를 몰수해 국유화하고 반동으로 몰아가는 행태가 마음에 들지 않아 입대를 최대한 연기했었다고 한다. 하지만 평소 소작인들에게 인심을 잃지 않았던 터라 인민위원회에서도 아버지를 강제 입대 시키지 않았다고 한다.

1950년 9월이 되자, 미연합군이 다시 들어왔다는 소문이 돌면서 인민군 강제징집을 강행했다고 한다. 그런 상황을 미리 간파한 아버지는 일부러 뜨거운 양잿물을 발등에 부어 화상을 입었다. 인민군에 끌려가지 않기 위한 몸부림이었다. 고향 사람들을 만날 때면 발등의 흉터를 보여 주면서 인민군 입대를 거부한 투철한 반공투사였다고 말씀하시곤 했다. 양말을 신을 때면 보였던 발등의 화상 흉터가 지금도 눈앞에 선하다.

그 발등의 흉터가 9·28 서울수복 후에는 아버지의 목숨을 살리는 훈장이 되었다. 수복 후 인민군에게 부역한 사람들이 많이 학살을 당했는데, 그 흉터 때문에 기독청년단의 학살을 피할 수 있었다고 한다.

1950년 12월 겨울이 되면서 의주 건너 중국 땅에 있던 중국 인민 지원군들이 압록강을 건너올 거라는 소문이 있었다. 1951년 벽두에 중국 인민군이 압록강을 건너오자 미군과 국군은 허겁지겁 철수했다고 한다. 그리고 미공군 전투기가 날아와 엄청 폭격을 해 댄 탓에 동네 사람들이 속수무책으로 죽어나갔다고 한다. 집안 어른들이 장손이라도 폭격이 없는 곳으로 피신했다가 다시 돌아오라고 강권하여 어렵게 구한 배를 타고 피난을 하였다고 한다.

선친은 가도라는 섬으로 일단 피난했었는데, 그곳 역시 폭격을 피할 수 없는 상황이었다고 한다. 일단 폭격을 피할 수 있는 남쪽으로 내려가야 한다고 해서 배를 타고 이남으로 내려왔다가 고향으로 내려가려고 했다. 그런데 인천항에서 도착하자 마자 우익청년단에게 간첩으로 몰려 죽도록 맞았다고 한다. 무작정 몸수색을 하던 우익청년단은 선친의 윗주머니에서 100원권 인민화를 발견하고는 간첩으로 오인한 것이었다. 그 인민화는 할아버지가 선친에게 건네 준 여비였다고 한다.

군복을 입은 청년단원은 죽도록 때리더니 "질긴 간나 새끼가 죽지도 않는다."고 하면서 창고 한 쪽 구석으로 내던지더니 한 번 더 취조한 다음 처리하자고 말했다고 한다. 선친은 '처자식 버리고 혼자 피난 나와 벌 받아 죽는구나.' 하는 생각에 눈물만 흘리고 있는데 멀리서 무척 익숙한 목소리가 들려 왔다고 한다. 그 목소리의 주인공은 막내 작은아버지가 다녔던 의주농업학교 동창이었던 것

장소, 공간으로 기억된 아버지

이다. 막내 작은아버지와 친분이 두터워 방학 때 집에도 놀러 와 선친을 형님이라고 불렀다고 한다. 선친은 그 막내 작은 아버지 동창 때문에 풀려날 수 있었다고 한다. 그때 그 동생을 만나지 못했다면 인천 앞바다에 그대로 수장되었을 거라고 선친은 말하곤 했다. 하늘이 도와줘 살아날 수 있었던 것이다. 죽음의 문턱까지 갔다가 가까스로 목숨을 건진 선친은 그 동생이 마련해 준 배편으로 부산으로 내려왔다고 한다. 그리고 부산에서 두 작은 아버지를 만날 수 있었다.

선친이 구사일생으로 살아난 인천. 그 곳에서 아들인 내가 30년째 고등학교 교사생활을 하였다. 그리고 손자, 소녀의 고향이 되었다. 선친이 죽도록 맞았던 그 창고가 구체적으로 어딘 줄은 모른다. 그렇지만 인천 아트 플랫폼 창고 전시장을 지나갈 때마다 67년 전 맥없이 죽음만 기다렸다가 살아난 선친의 모습을 상상하곤 한다.

대전

일 년에 한 번씩 사촌 형제 모임을 갖는다. 선친 3형제가 살아계실 때는 제사 때나 명절 때라 서로 만날 기회가 있었지만 돌아가신 다음에는 그렇지 못했다. 이남으로 피난 와 친척이라고는 우리들 밖에 없으니 일 년에 한 번만이라도 만나자고 해 모임을 갖고 있다.

2014년 8월 대둔산 모임에서 작은집 둘째 누나가 나에게 한 말은 무척 충격적이었다. 내가 먼저 누나, 형들에게 이런 말을 하였다.

"돌아가신 아버지하고 어머니하고 나이 차이가 많이 나서 그런지 지금 생각해 봐도 아버지가 어머니한테 아주 못되게 했어요. 왜 그렇게 했는지 모르겠어요. 제가 어려서 그런가는 모르지만요."

그러니까 작은집 둘째 누나가 말하였다.

"큰아버지하고 큰엄마하고 어떻게 만나셨는지 알고 있니?"

"아니요. 전혀 들은 바가 없는데요."

작은집 둘째 누나는 이렇게 말하였다.

"그 때 내가 8살 때였으니까 내가 생생하게 기억하고 있지. 우리 아버지가 일 때문에 부산에 갔다가 기차 타고 대전으로 올라오는데 대구역에서 기차가 서더니 한참 가지 않더라는 것야. 그때는 연착하는 게 기본이었지. 그래서 기차가 다시 움직일 때까지 그냥 앉아서 기다렸다는 거야. 아버지 옆에 키가 조그맣고 예쁘게 생긴 여자가 서 있더라는 거야. 너도 우리 아버지 성격 알잖아. 붙임성이 좋은 거. 그리고 키도 커 호인처럼 보였잖아. 저 여자 예쁘장하고 얌전하게 생겼네 하는 생각이 들면서 갑자기 큰아버지 생각이 나더라는 거야. 가족을 놓고 월남해 혼자 있고 통일이 되면 고향으로 간다고 하지만 전쟁도 끝났고 고향으로 돌아 갈 수 없는 상황인데 홀애비로 둘 수는 없다고 생각하고는 말을 붙였다고 하더라고. 그 여자가 지금 큰엄마지만 그때는 아니었지. 그래서 자리를 양보했다고 하더라고. 그러니까 구미인가 김천인가 가는데 괜찮다고 하더라는 거야. 자꾸 앉으라니까 할 수 없이 자리에 앉았다는 게야. 시간 가는 줄 모르고 얘기를 했다고 해. 어린 나이에 결혼했다가 남편이 일찍 죽는 바람에 과부라고 하더라는 거야. 그래서 우리 아버지가 큰엄마한테 대전에 같이 가자고 꼬셨다고 해. 큰엄마가 그냥 대전까지 따라왔다고 하더라고. 우리 아버지가 맘에 들어서 그렇게 했을 거야. 대전역에 내려 목동 집까지 데리고 오니까. 우리 엄마가 난리가 났어. 첩을 얻어 갖고 집으로 데리고 온 줄 알고 말야.

나중에 큰엄마가 말하더라고 네 아버지 그러니까 우리 아버지이지. 그냥 말도 잘하고 사람이 호인이라서 따라 왔다는 거야. 서로가 난처해진 거야. 우리 아버지도 크게 당황해서 바깥채에 총각이었던 막내 작은아버지와 함께 있는 네 아버지, 그러니까 큰아버지한테 달려가 손을 붙들고 바깥채 방으로 데리고 들어가 '형님, 색시 데리고 왔으니 이제 맘대로 하시구려. 데리고 사시든지 아니면 그냥 내쫓든지 난 더 이상 모르겠슈다.' 말하고는 우리 엄마 손을 잡고 방에서 나왔어. 그게 큰아버지하고 큰엄마의 첫날밤이었어. 그게 1954년 겨울이었고 네 형이 다음 해 가을에 태어난 거야.

부산에서 양초 장사를 하던 삼형제가 고향으로 더 가까이 가고 싶어 올라오다가 대전에 내린 거지. 그래서 큰엄마가 우리 아버지한테 무척 잘해 주는 것도 바로 우리 아버지 때문에 큰아버지 만나서 살게 한 고마움 때문이었어."

1954년 겨울, 기차를 타고 대전역에 내렸던 한 여자. 선친은 둘째 작은아버지를 따라 대전역에 내린 여자를 만나 33년을 함께 살았다. 선친의 삶 그리고 대전, 어머니. 그래서 대전은 내 고향이면서 내 가족의 분단의 아픔을 안고 있다.

마당

내가 태어난 곳은 대전 목동 15번지. 선친이 양초공장을 운영하여 마당이 유난히 넓었다. 이상한 점은 그 넓은 마당에 나무나 화초를 심지 않았다는 것이다. 여러 차례 이사했는데 왜 마당이 넓은 집에서 살고자 했으며, 나무나 화초를 심은 정원이 없는 그냥 황량한 마당을 고집했는지 궁금했다. 국민학교 1~2학년 시절, 시골 장으로 출장가지 않고 대청마루에서 앉아 있는 선친에게 직접 물어본 적이 있었다. 선친은 어린 게 별걸 다 물어본다고 하면서 나중에 크면 알게 될 거야 하면서 대답을 하지 않았다.

선친 고향의 겨울은 영하 20~30도였고, 봄이 5월 중순이 넘어서
야 찾아오는 곳이었다고 한다. 그래서 고향집도 田자형 한옥으로
겹방 형태로 안채와 사랑채는 별채가 아니고 바깥쪽에 있었다고
한다. 유난히 마당은 넓었다고 한다. 왜냐하면 대지주였던 관계로
가을이 되면 소작인들이 가져온 곡물들이 마당 가득 쌓였으며, 하
나하나 확인한 다음 곳간으로 넣었던 까닭에 넓어야만 했고 종가
여서 제사가 많아 일가친족들이 많이 왔기 때문이란다.

그래서인지 선친은 평생 고향집 마당을 담고 살았고, 대청마루
에서 그 마당을 내려다보면서 고향에 두고 온 아버지, 어머니, 아
내, 고모, 자식들에 대한 그리움과 죄책감으로 몸부림쳤던 것이다.
그 마음을 달래려고 넓은 마당이 있는 집을 고집하였다.

선친에게는 넓은 마당이 마음의 고향이었다. 그 넓은 마당에서
북에 두고 온 고향집 살림을 살폈고, 조상 제사도 지내고, 아침저
녁 부모님에게 문안 인사를 드렸고, 눈에 밟히는 이복형님들이 추
울까봐 군불도 때고 이불도 덮어 주었던 것이다.

매년 가을이 되면 마당에서는 굿판이 벌어졌다. 3일 밤낮이나
이어졌는데, 일요일에도 할 때가 있었다. 집 옆으로 20m 정도 떨

괜찮다, 괜찮다, 괜찮다

어진 곳에는 피난민 교회가 있었다. 이 교회의 주일학교 예배는 아침 9시부터, 대예배는 오전 11시, 저녁 예배는 저녁 7시였는데, 그 시간에 굿판이 벌어지면 교회는 난리였다. 그러나 창문을 닫았을 뿐 아무런 항의도 하지 않았다. 왜냐하면 담임목사도, 교인들도 피난민들이기 때문이었다. 그 배려를 잘 알고 있었던 선친도 굿판을 요란하게 하지는 않았다. 새벽 기도회, 신앙 부흥회 때 부르는 찬송, 울부짖는 통성기도 등 교회에서도 정말 참기 힘든 소음이었지만 선친 역시 결코 항의하는 일은 없었다. 굿판에서나 기도에서나 고향에 대한 그리움과 고향으로 돌아가고자 하는 간절한 마음은 하나였기 때문이다.

굿판이 벌어지면 악사들이 연주를 하고 무당이 춤추며 무가를 불렀다. 대청마루에 제단을 설치하고 마당 가운데서 굿판이 벌어지면 볼거리가 많지 않은 시절이라 동네사람들도 굿 구경을 하러 몰려들었다. 굿을 하고 난 후에는 시루떡, 돼지 대가리, 막걸리를 마음껏 먹을 수 있기 때문이다.

당시 무속은 미신으로 타파 대상이었다. 초등학교 2학년 수업 시간에 미신타파 얘기만 나오면 친구들은 우리 집에서 굿한다고 말해 창피한 적도 있었다. 담임 선생님은 나에게 무속은 미신이기 때문에 굿 같은 것은 하지 말라고 했다. 그 이후 나는 집에서 굿판이 벌어지면 창피해서 아예 마당으로 나오지 않았다.

그래도 굿판에서 박수무당이 말하는 소리는 가끔 들었다. 무당이 격하게 춤을 추다가 갑자기 멈추고는 할머니 목소리를 냈다. 정말 소름끼칠 정도 무서웠다. 선친과 어머니는 박수 앞에서 두 손을 빌며 반절을 하고 있었다. 선친은 울면서,

"오마니. 불초 자식 용서해 달라요. 내레 이남에 내려와 살면서도 한시도 니든 덕이 없디요."

무당은 선친에게 할머니 목소리로 말하였다.

"네가 떠나고 보안서 간나새끼들이 몰려와 네 아바지하고 큰 아이 성구하고 끌고 가때구나. 그리고는 아오지로 보내다고 하더구나. 그리고는 연락이 없드래야. 둑었는디 살았는디."

선친은 계속 울면서,

"오마니, 다 불초소생 때문에 생긴 일임네다. 데가 있었더라면 아오지 탄광으로 가디는 않았을 겁네다. 못난 이 다식을 용서하시라오요?"

용서를 빌었다.

우리 집 마당은 화초도 없는 넓은 마당이었다. 그 마당은 선친에게는 고향집 마당이었다.

다락

다락을 올라가는 턱에는 언제나 국방색 나무 궤짝이 있었다. 미제 자물통으로 항상 잠겨 있었다. 우리 3형제가 다락방으로 올라갈 때마다 디딤 계단으로 사용돼던 궤짝으로, 다락방으로 올라가는 턱이 높아서 선친의 나무 궤짝을 밟으면 쉽게 올라갈 수 있었다. 3단으로 구성되어 있었는데 맨 아랫단에는 통일이 되면 고향에 계시는 부모님과 아내, 자식들한테 준다며 최고의 모직 한복과 모시 한복을 마련해 보관하고 있었다. 설날 차례를 지내고 나면 늘 궤짝을 열어 옷감을 정리하곤 하셨다. 옷마다 신문을 깔고 좀약을 넣어 둔 탓인지 궤짝을 열면 좀약 냄새가 진동하였다. 그리고 둘째 단에는 패물이 있었는데, 금팔찌, 금반지, 금목걸이 등 빨간 보석통에 담아 보관하고 있었다. 그 패물들은 대전 선화동에 영덕여관을 건축하면서 다 팔아버렸다.

선친이 돌아가시고 난 후, 궤짝을 정리하는데 궤짝 맨 아래에서 너덜너덜한 미군 배낭 하나가 나왔다. 처음 보는 것이기에 신기해서 둘째 작은아버지에게 여쭤 봤다.

선친은 피난 나온 후 부산 국제시장에서 미군 PX로부터 나온 파라핀을 녹여 양초를 만들어 팔았다고 한다. 막내 작은아버지의 의

주농업학교 동창 중에 영어를 유창하게 하는 사람이 있었는데, 교회를 다녔던 그 동창 분은 미국인 선교사에게 영어를 배웠고, 머리가 명석해 독학으로 영어뿐만 아니라 중국어, 러시아어까지 유창했고, 월남한 후 유창한 영어 실력 때문에 미군 부대에서 통역으로 일을 했다고 한다. 그 배낭은 동창이 준 미군 배낭으로, 양초를 넣어 팔러 다녔다고 한다. 선친은 휴전이 되면서 부산을 떠나 고향과 더 가까운 대전으로 올라오셨는데, 그때 어깨에 메고 온 것이 바로 그 배낭이었다고 한다.

선친은 대덕군 회덕읍 장동 미군 부대에서 흘러나오는 보급품 중에 파라핀을 구해다 녹여서 일제시대 사용했던 양초기계를 구입해 양초를 만들어 시장과 부자 집을 돌아다니며 팔았다고 한다. 잘 녹도록 온도 조절을 해서 파라핀을 녹여서 양초기계에 심지를 넣고 양초물을 부어 심지가 어느 한쪽으로 치우치지 않고 정중앙에 오도록 한 다음, 잘 부러지지 않는 양질의 양초를 만들어 판매하였다고 한다. 파라핀 이외의 다른 성분을 넣어 단단하지 않고, 심지가 한쪽으로 기울어져 타는 등 불량 양초도 많은 시절이었는데, 선친은 파라핀 100%, 실수로 떨어뜨려도 부러지지 않으며, 심지실도 미제를 사용해서 타더라도 한쪽으로 기울어지지 않고 잘 타는 양질의 양초를 만들어 미군 배낭에 담아 팔았던 것이다.

나무 궤짝 1단에는 각종 장부와 통장, 그리고 현금이 있었다. 충청도 일대와 전라도 정읍까지 양초를 판매하러 다녔기 때문인지 지역 거래처 장부가 가지런히 보관되어 있었다. 선친이 월남해서 악착같이 살았던 삶이 나무 궤짝에 온전히 담아 있었던 것이다. 가장 밑단에는 다 헤어진 미군 배낭이 있었고, 그 위에는 고향에 두고 온 부모와 가족들에게 가져다 줄 옷과 패물들이 담겨 있었다. 맨 윗단에는 고향으로 돌아가기 위해 악착같이 돈을 벌려고 했던 삶의 현장이 담겨 있었다.

다락을 올라가던 그 턱에 있었던 미군용 나무 궤짝. 통일이 되어 고향으로 돌아가고자 했던 선친의 갈망이 담겨 있는 보물함이었다. 다락방은 선친만의 고향으로 가고자 했던 갈망이 배어 있는 공간이었던 셈이다.

부엌

선친이 부엌에 들어가는 날은 봄, 여름, 겨울 세 번 정도였다. 여름철에는 단고기 요리 하러 직접 들어가셨다. 평안도에서는 개고기를 단고기라고 하였다. 어머니는 경상도 구미가 고향이라 음식이 짜고 매운 편이었던 데다가 딱히 잘하는 음식이 없었다. 그래서 선친의 입맛에 맞지 않아 어머니는 음식으로 구박을 많이 받았다. 선친은 고향이 바다와 연해 있는 관계로 생선 요리를 좋아한 반면 어머니는 고향이 경상도 구미였던 관계로 채소와 장류 음식(짠지 등)을 좋아하였다. 선호하는 음식의 차이로 갈등을 빚었고, 나이 차이가 나는 관계로 선친은 어머니를 무척 무시하였다. 그래도 성이 차지 않으면 직접 부엌에 들어가 직접 고향 음식을 요리하곤 하셨다.

봄에는 시장에서 직접 준치를 사다가 물로 깨끗이 다듬어 도막을 내서 칼로 잘게 다졌다. 잔가시가 많고 비린내도 있지만 기름기가 많은 생선이었다. 곱게 다진 준치살을 동그랑땡으로 만들어 무만 넣고 끓였다. 간은 새우젓으로 맞췄다. 준치 동그랑땡을 씹는 순간 비린내가 나면서 쫀득쫀득하면서 고소한 맛이 났다. 선친은 갓 잡은 준치로 요리하면 비린내도 없고 생선살이 푸석푸석하지 않아 엄청 맛있는 음식이라고 하면서 이남에 와서 해먹는 준치국은 고향 맛이 아니라고 말하곤 했다. 대전도 내륙도시였기 때문에 청어 계통의 준치가 싱싱할 수 없어 고향 맛을 그대로 재현할 수는 없었다. 선친이 한 요리는 잡다한 식재료를 넣지 않고 무와 대파만

장소, 공간으로 기억된 아버지

넣고 간도 간장으로 하지 않고 새우젓으로 해서 깔끔하고 준치의 맛을 그대로 맛볼 수 있었다. 나는 비릿한 국물 맛이 싫어 많이 먹지 않았는데, 그럴 때마다 선친은 이렇게 말했다.

"에미나이가 배때기가 디름져서 그런 거야. 똘똘 굶어 봐야디 맛있다는 걸 알디?"

여름에는 이북5도민회나 평안북도민회, 철산군민회 모임이 있었다. 선친이 충남지역 이북 5도민회장, 평북도민회장, 철산군민회장을 맡았었기에 모임은 주로 집에서 이루어졌다. 그런 모임이 있을 때면 선친은 직접 마당에 가마솥을 걸어 놓고 단고기를 삶았다. 개털을 뽑지 않은 채 통째로 가마니에 넣어 삶았다. 그런 후 꺼내어 익은 살에 붙은 털을 쏙 벗겨 냈다. 삶은 물은 그대로 버렸다. 그런 다음 다시 단고기를 넣어 삶았다. 선친은 이게 이북식 단고기 요리 방식이라고 말씀하셨다. 그 당시의 난 육고기를 좋아하지 않았기 때문에 선친이 요리하는 근처에 가지 않았다. 그래서 식재료로 무엇을 더 넣었는지는 알 수 없다. 다시 푹 삶으면 기름기가 빠져서 약간 맑은 국물이 되었고, 기름이 뜨면 그것을 걷어 냈다. 그러면 개운한 맛을 내는 국물이 나왔고, 흐물흐물해진 단고기를 꺼내 고기를 뜯어 수육으로 먹기 편하게 손질하였고, 내장과 대가리, 배 쪽 고기는 다시 솥에 넣어 끓였다.

만두나 냉면도 선친이 좋아하는 음식이었는데 집에서 요리해서 먹지 않고 주로 식당에 가서 먹었다. 어머니가 경상도 분이라 만두나 냉면을 잘 모를 뿐만 아니라 만들 줄 몰라서 집에서 만들어 먹기가 쉽지 않았다. 그래서 대전 중앙시장 안 개천식당에서는 만둣국을, 대전 대흥동 성당 옆 사리원 면옥에서는 냉면을 먹었다.

그렇지만 수금하러 시골장에 갔다가 밤늦게 돌아오시는 날에는 삶은 소면에 김장 김치를 썰어 넣고 만든 육수를 부어 참기름 한 방울 넣어 말아 먹었다. 김장김치에는 액젓이나 젓갈류는 넣지 않고 갈치를 잘게 썰어 담갔다. 처음에는 비린내가 심했지만 숙성되면 비린내가 사라져 시원하고 개운한 맛이 났다. 봄이 되어서도 신맛이나 군내가 많이 나지 않았다. 동치미와 백김치는 필수였다. 소금 간수하고 무, 고추, 대파만 넣었다.

선친은 특히 전라도 음식을 싫어했다. 많은 양념이 들어갔고, 음식 색깔이 화려한 것 자체를 싫어했다. 밋밋하고 싱거운 맛, 조미료나 다른 잡다한 양념으로 원재료의 맛을 가리게 하는 그런 음식을 싫어했다. 생선은 비린 맛이 나야 하고, 돼지고기는 특유의 냄새나 맛이 나야 했다. 이런 맛이 우리 집 부엌에 배어 있었다. 나에게는 어머니의 경상도 음식보다는 선친의 북한 음식이 더 입맛에 배어 있다. 나뿐만 아니라 아내도 그렇다.

이미숙

내 마음의
파수꾼

아버지는 종이컵 속의 커피를 가만히 들여다보셨다. 잔잔히 말씀하시는 목소리는 조용했지만 힘이 빠진 듯했고, 아버지의 눈꼬리에 눈물이 맺혀 있었다. 자식 때문에 흘리는 눈물 앞에서. 나는 하려고 했던 말들을 삼켰다. 아버지 눈물이 나를 흔드는 것 같았다. 그 앞에선 어떤 것도 중요하지 않고, 나는 도망갈 수 없다는 느낌이 들었다. 내 마음속에 단단히 자리 잡았던 것들이 힘없이 풀어지고 그 어떤 것도 아버지의 눈물 앞에서 견고히 맞설 수 없음을 그때 확실히 깨달았다. 나는 항복하듯 그러겠다고 약속했다.

이미숙

공주에서 태어나서 그곳에서 자랐습니다.
지금은 경기도 구리시에서 조그만 약국을 운영 중입니다.
열세 평 남짓한 공간에서 하루 열두 시간씩 혼자 보내지만 책이라는 좋은
친구가 있어 하루하루가 즐겁습니다.
약이 필요한 이들에게 약을 안내하는 역할에 만족하고 있습니다.
그러나 가끔 약이 아니라 책 속에 파묻히는 꿈을 꾸기도 합니다.

뒤틀리고
못생긴 발

내가 근무하고 있는 약국은 경기도의 조그만 소도시 외곽에 있다. 약국 위층에는 척추질환을 전문으로 하는 신경외과와 무릎 전문 정형외과가 있다. 그래서 나는 허리와 무릎 통증을 호소하는 연세가 지긋한 분들을 주로 상대한다. 연세가 지긋한 분들이란 정말… 연세가 지긋할수록 상대하기가 난공불락이다.

그날도 할아버지 한 분이 약국 의자에 앉아 신발을 벗기 시작했다. 꽃샘추위가 물러나 이제 막 화창한 봄날이 이어지려는 사월이었다. 지탱해 주는 치아가 없어 잇몸 사이로 말려들어간 입술을 오물거리는 할아버지는 신발을 벗는 것에 골몰하여 다른 사람의 시선에 무감한 태도였다. 약국 안에 유쾌하다고 할 수 없는 냄새가 서서히 번지는 것 같았다. 투약대 앞에 서 있던 나는 저렇게 약국에서 발을 드러내면 안 되는데, 하는 생각을 하면서 주춤주춤 할아버지에게 다가갔다. 투약대에서 멀리 떨어진 손님 대기의자에서 신발을 벗으니 그나마 다행이라는 생각도 언뜻 들었다. 어떤 무례한 이들처럼 허연 각질로 얼룩진 발을 턱 올려 놓으면 투약대를 소독용 알코올로 아무리 박박 닦아 내어도 기분은 마뜩찮았다. 미세한 균들이 사방에 퍼져 꼬물거리는지 몸이 가려운 듯했기 때문이다.

'할아버지 발에 무슨 문제가 있는 거지? 무좀이거나 습진, 한포진이라도 구분하기는 힘든데…. 어쨌든 약국에서 그러면 안되지. 여기가 병원도 아니고…. 의사도 아닌 내가 진단을 내릴 것도 아닌데….'

그렇게 생각을 하면서도 나는 할아버지를 제지하지 못하고 가까이 다가가 발을 들여다보았다. 이런! 양말 속에서 나온 할아버지 발은 심하게 비틀려져 있다. 엄지발가락이 안쪽으로 휘었고 둘째, 셋째 발가락이 그 위에 업혀 있는 형상이다. 그리고 발바닥에는 허여면서도 중앙이 까뭇한, 반들거리는 티눈이 돌덩이처럼 단단히 박혀 있었다. 한 개가 아니라 크고 작은 티눈 세 개가 견고히 붙어 있었다. 그 부위가 넓고 안으로 뿌리가 깊어 절대 순조로이 빠질 것 같지 않았다. 어디를 그렇게 오랫동안 돌아다닌 발인가? 못 생기고 비틀린 발이 고통을 호소하는 뭉크의 작품을 연상시켰다. 할아버지는 한 손으로 티눈이 박힌 발바닥을 문지르며 들여다보았다.

"예전엔 내가 온갖 군데를… 댕겼는데, 이젠… 걸을 수가 없어."

할아버지의 말이 입안에서 오물거리다가 도로 들어가는 바람에 나는 귀를 기울이고도 반밖에 알아듣지 못했다.

"자식들을… 살리느라고, 별의별 곳을… 다 돌아댕겼지. 이 발바닥이 이렇게 휘어져서…."

할아버지의 비틀린 발을, 자식들을 먹여 살리느라고 이곳 저곳을 누비고 다녔을 발을 들여다보고 있자니 고향에 계신 아버지가 떠올랐다.

회초리에 대한
기억

어렸을 때 가훈은 인자무적仁者無敵이었다. 초등교사 외벌이로 일곱 식구가 사는 것에 바빴던 우리집에 가훈 같은 건 없었을 것이

다. 내가 학교 숙제 때문에

"우리 집 가훈이 뭐여요?"

물었을 때, 아버지는 한참을 생각하다가

"인자무적!"

하고 말씀하셨다. 그때 어렸던 나는

'인자무적이 무슨 가훈이야?'

하고 생각했다.

"가훈은 정직이나 성실, 뭐 그런 거로 지어야 되는 거 아니에요?"

하고 물었고, 아버지는 '어진 이에게는 적이 없다.'는 뜻이니.

"어질게 살자가 가훈."

이라고 초등학교 선생님답게 자세히 설명해 주셨다.

어진 이가 되라고 하신 아버지는 우리들에게 자상하셨고, 엄마와 다투실 때를 제외하고는 적敵이 없었다. 나는 가끔 두 살 아래 동생과 싸우다가 아버지께 벌을 받았고, 벌을 서는 도중 또 싸워서 한참 동안 아버지의 훈계를 들어야 했다. 아버지는 폭력을 싫어하셔서 웬만하면 말로 타이르셨다. 그래서 어렸을 때 아버지께 매로 맞은 기억은 없다. 다만, 회초리를 구하러 다녔던 기억은 아직도 생생하다. 그때가 국민학교 삼사 학년 쯤이었을 것이다.

집 근처에 수시로 드나들던 만화방이 있었다. 나는 원래 활자라면 무엇이든 좋아했지만, 특히 만화라면 밥 먹는 걸 잊어버릴 정도였다. 학교에 저금하라고 주신 돈을 잃어버린 만화책값을 보상하는 데 써 버린 것이다. 어린 내 딴에는 만화책을 잃어버려 며칠을 고민하다가 거짓말로 돈을 타낸 것인데, 그것이 들통나 버렸다. 아버지는 내가 거짓말을 했다는 것과 그 돈이 만화방으로 흘러갔다는 것에 화가 많이 나셨다. 내 죄질이 아주 나빠서 훈계 정도로는 안되겠다고 판단하신 듯 나에게 회초리를 구해 오라고 하셨다.

생전 맞아 본 적이 없는 나로서는 회초리라는 말이 주는 어감에 놀라 울음부터 터뜨렸던 것 같다. 그때 맞은 종아리가 많이 아팠는지 어땠는지, 실제로 맞긴 맞았는지 기억나지 않는다. 그러나 어느 정도 굵기의 회초리를 구해야 하나 고민하며 울었던 기억은 선명하다. 잘못한 것이 있으니 너무 가늘어도 안 될 것 같고, 굵은 것은 너무 아플 것 같고. 눈물을 찔끔찔끔 짜내면서 적당한 나뭇가지를 주우러 다니던 내 모습이, 지금 생각해 보면 다소 희극적으로 여겨진다.

하지만 그것이 아버지의 교육방식을 보여 주는 한 예라고 생각한다. 자식의 잘못에 대해 무조건 다그치지 않고, 생각하고 반성할 시간을 주는 것, 감정적으로 화를 표출하지 않고, 논리적으로 설득하려고 하셨던 것. 하지만 그런 아버지한테 주먹으로 한번 얻어 맞은 적이 있다. 그것도 다 자란 대학생이었을 때 얼굴을 주먹으로 느닷없이 맞은 것이다. 나를 때리신 아버지나 대들다가 맞은 나나 그때의 일은 평생 잊을 수 없을 것이다.

그날 밤,
못 잊을 주먹

　내가 약사가 되기 위해 약학대학에 입학 했을 때는 80년대 초였다. 교실에서 강의를 듣고 있으면 창문 너머로 데모하는 소리가 들려오곤 했다. 메가폰을 통해 울려 퍼지던 비장한 목소리, 일정한 박자에 맞춰 외쳐 대던 구호들…. 처음에는 그런 것들이 나와 상관없는 다른 나라 이야기로 여겼었다. 내가 속한 동아리 학습을 통해 사회의 실상에 대해 눈을 뜨기 전까지는 그랬다. 그러다가 나는 서서히 전공 관련 책보다는 사회 관련 서적들을 가까이하게 되었다. 학년이 올라갈수록 내가 속한 사회의 참모습을 알게 되었고 시위 때마다 참가하는, 약학과에서 몇 명 안되는 학생 중 하나가 되었다. 그날도 어느 때처럼 아주 늦게 집에 들어갔다.

　4학년이 되면서부터는 전공과 무관한 학내시위로 나는 더욱 바빠졌던 것이다. 현관문을 열었을 때 아버지는 소파에 앉아 나를 기다리고 계셨다. 내가 집에 들어올 때까지 마음을 졸이며 무언가 벼르고 또 벼르고 계셨으리라. 당시 나의 귀가는 아주 늦어서 집에 들어갈 때쯤이면 부모님은 모두 주무시고 계셨다. 그날 아버지가 앉아 계신 것을 보자 가슴이 덜컥 내려 앉았다. 내게 퍼부어질 말씀을 짐작했다.

'그날도 학교에서 연락을 받으셨겠지.'

학내 시위가 있는 날이면 교수님들이 아버지에게 연락하여 호출하곤 했던 것이다.

"너 오늘도 데모하고 오니?"

꼿꼿이 앉아서 나를 기다리시던 아버지의 목소리엔 노기가 잔뜩 묻어 있었다.

"또 교수님이 전화하셨어요?"

하고 나는 되물었다.

"아버지가 번번이 학교로 달려가시니까, 자꾸 전화하는 거지요. 저도 제가 옳다고 생각하는 대로 해요."

"자식 때문에 학교에서 오라는데 어떻게 안 가니? 나도 학생을 가르치는 교육자 입장인데."

"아버지는 지금 정권이 얼마나 많은 사람들을 죽였는지 모르시지요? 아버지는 아무것도 모르시잖아요. 그저 아버지 안위만을 생각하고…."

몇 마디 말들이 더 오갔을 것이다. 갑자기, 아버지가 내 안경을 벗김과 동시에 다른 손으로는 주먹을 쥔 채 내 얼굴을 치신 것이다. 순간적으로 눈에 번쩍 불꽃이 이는 것을 느꼈다. 처음 얼굴을 맞아 본 나는 만화책에서만 보던 불꽃 튀는 장면이 이런 거구나 하고 느꼈다. 그러나 놀랍게도 아프지는 않았다. 아버지에게 얼굴을 주먹으로 맞았다는 충격이 너무나 커서 맞은 얼굴보다는 마음이 쓰리게 아팠다. 집을 나가야겠다는 생각이 들었던 것도 그때였다.

'집을 나가자.'

방학 때 아버지 몰래 한 달 동안 공장에서 일을 해 봤으니 집을 나가는 것이 두렵지는 않았다. 내가 일해서 살면 내 인생을 내 마음대로 할 수 있을 거라고 생각했다.

내 방으로 들어온 나는 잠을 이룰 수가 없었다. 아주 길고 느린 밤이 흘렀다. 내일은 이제까지와는 전혀 다른 날을 맞이할 것이다. 내가 이제야 내 인생의 주인공이 되었다는, 이제는 누구의 눈치도 보지 않고 당당하게 내 인생을 혼자 살겠다는 결의가 나를 들뜨게도 했다. 그렇게 뒤척이다가 겨우 잠이 들었다.

이른 아침에 누군가가 나의 얼굴을 만지고 있는 느낌에 잠이 깼다. 아버지였다. 머리맡에서 내 얼굴에 멍이라도 들었을까 봐 살피고 계셨다.

"행여 집 나갈 생각은 하지 말어."

아버지도 밤잠을 못 주무신 듯 목소리가 갈라지고 거칠었다.

"많이 아팠니?"

아버지는 살짝 부은 듯한 내 눈가를 만져 보셨다.

"이 돈으로 친구들과 맛있는 거 사먹고. 저녁에 꼭 집에 들어와라."

아버지가 내 손에 지폐 몇 장을 쥐어 주셨다. 나는 아무 말도 하지 않았다.

하지만 아버지가 아침에 출근하시자 옷가지를 챙기기 시작했다. 당장 갈아입을 옷 몇 가지를 엄마 몰래 가방에 넣고 집을 나섰다. 공주에서 유성으로 버스 통학을 하고 있던 나는 대전에 있는 공단지역으로 갈 심산이었다. 유성을 지나는데 홀가분한 기분이 들었다. 이제 내 대학 생활은 끝나는구나, 하는 생각에 어깨가 가벼워졌다고나 할까. 교문 앞에서 막히곤 했던 시위 행렬도, 매일 구역질을 일으키던 최루가스도, 기습적으로 차가 다니는 도로 한가운데에 뛰어들며 구호를 외쳐야 했던 가두투쟁도 모두 지긋지긋하게 여겨졌다. 약용식물의 학명과 종명과 속명을 라틴어로 달달 외워야 했던 전공 공부도, 겨우 에프를 면할 정도로 유지해 오던 학점 관리도, 이젠 모두 안녕이다, 하는 생각이 들었다.

 아버지의

눈물 앞에서

그날 나는 학교에서 아버지를 기다렸다. 강렬한 햇살이 주위를 내리 누르는 오후 두 시쯤이었을 것이다. 약학대학 앞에서 아버지가 서 계신 것을 보았다. 위압하듯 우뚝 선 4층짜리 건물 앞에서 아버지는 위를 올려다보며 한참을 서 계셨다. 나는 아버지에게 교수님을 만날 필요가 없다고 말씀 드릴 작정이었다. 학교를 그만 둘 꺼니까 아버지도 더 이상 학교에 불려다니지 않아도 된다고, 나 때문에 잘못했다고 고개를 숙이지 않아도 된다고, 그렇게 말씀 드릴 작정이었다. 그런데 막상 아버지를 보자 그 말이 차마 떨어지지 않았다. 그날따라 유난히 작아 보이던 아버지의 키 때문이었을까. 강렬한 햇살에 짙게 오그라든 아버지의 그림자 때문이었을지도 모르겠다. 아버지와 학생회관에서 커피를 마셨다.

"졸업만 해 다오. 그 다음부터는 너가 무슨 짓을 하든 상관하지 않으마. 너가 모른다고 했지만 아버지도 알 건 다 안다. 학생들이 무엇 때문에 데모하는지. 너가 대학을 졸업하고 약사가 되어서 너가 하고 싶은 거 하면 되잖아. 지금 학교를 그만두는 것보다 너가 할 수 있는 일도 훨씬 더 많을 거다."

아버지는 종이컵 속의 커피를 가만히 들여다보셨다. 잔잔히 말씀하시는 목소리는 조용했지만 힘이 빠진 듯했고, 아버지의 눈꼬리에 눈물이 맺혀 있었다. 자식 때문에 흘리는 눈물 앞에서, 나는 하려고 했던 말들을 삼켰다. 아버지 눈물이 나를 흔드는 것 같았다. 그 앞에선 어떤 것도 중요하지 않고, 나는 도망갈 수 없다는 느낌이 들었다. 내 마음속에 단단히 자리 잡았던 것들이 힘없이 풀어지고 그 어떤 것도 아버지의 눈물 앞에서 견고히 맞설 수 없음을 그때 확실히 깨달았다. 나는 항복하듯 그러겠다고 약속했다.

그러나 지금 생각해 보면, 그때 아버지는 나를 흔들었던 것이 아니라 나를 잡아 주셨다는 생각이 든다. 내 길을 끝까지 갈 수 있도록. 졸업을 하고 결혼을 하고, 아이를 낳아 키우면서 힘든 일이 있을 때, 아버지는 전화로, 때로는 편지로 응원해 주셨다. 아버지의 눈물은 예전에도 본 적이 있었다. 어린 시절 아주 암담했던 그때, 그때도 자식 때문에 아버지는 울고 계셨다.

부모는 그저
부모 노릇만

어린 시절, 내가 초등학교 일 학년 때, 아버지는 아주 가끔 집에 들르셨다. 집에는 할머니가 우리들을 돌보고 계셨다. 큰언니, 여동생 둘, 막내 남동생, 나, 그렇게 지내고 있었다. 그 당시 엄마는 내 기억에 없다. 병이 깊은 둘째 언니 때문에 견딜 수 없어 가출하신 게 아닐까하고 훗날 생각했을 뿐이다. 막내 동생은 기저귀를 아직 떼지 못한 두 살 된 아기였고, 중학생이었던 큰언니는 아주 외롭게 사춘기를 맞이하고 있었다. 그래서 큰언니는 우리들과 놀지 않고 심각한 표정으로 혼자 새침을 떨었다.

아버지는 아주 멀리, 서울의 큰병원에서 작은언니를 간호하고 있었다. 언제나 얼굴이 하얗고, 힘이 없던 작은언니는 어느 날부터인가 시력이 급격히 떨어졌고, 자주 넘어졌다. 다니던 학교를 그만두었고, 서울의 큰 병원에서 수술을 받았다. 머릿속의 혹을 떼어내는 수술을 받았다고 했다. 아버지는 가끔 집에 오셨다. 병실에 있던 바나나를 가지고, 치료비를 마련하러 오셔서 여기 저기 빚을 얻어 가셨다. 집안은 점점 어두워지고, 방안을 떠도는 공기에서 썩은 냄새가 났다. 미끈거리던 걸레는 아무리 빨아도 역겨운 냄새를 풍겼고, 어렸던 나는 어쩔 수 없어서 그 걸레로 방안을 닦았다. 내 옷, 머리에서도 냄새가 나는 것 같았다. 머리에서 시커먼 이가 돌아다니다가 눈썹까지 원정을 나왔고, 고개를 돌리면 이가 뚝 떨어지기도 했다. 아버지가 집에 오시면 우리들의 머리를 감겨 주시고, 참빗으로 머리를 빗겨 주셨다. 달력을 깔아 놓고 참빗으로 빗으면 검은 이가 비듬과 함께 후두둑 떨어졌다. 아버지는 우리들 머리카락을 헤치며 머릿속의 석회를 직접 잡아 주셨다.

할머니는 눈도 어둡고, 귀도 어두우셨다. 실지렁이와 콩나물을 구분하지 못하셨고, 미역국 속의 검은 파리를 보지 못하셨다. 나를 부르실 때는 미식이라고 불렀다. 미식이가 아니고 미숙이라고 큰 소리로 알려 드려도 "그려, 미식이." 하고 말씀하셨다. 몇 달이 그렇게 흘러간 후 드디어 작은언니가 머리에 하얀 붕대를 감고 집으로 왔다. 이불에 싸인 채 아버지의 등에 업혀서 왔다. 식물인간처럼 누워서 멀거니 천장만 바라보던 언니는 아주 가벼워져서 공기 속을 헤엄쳐 다닐 수 있을 것만 같았다. 아주 암담하던 날들이었다.

그리고 얼마 안 있어 학교에서 돌아와 보니 작은언니가 누워 있던 자리는 비어 있었다. 나는 언니가 영원히 떠난 것을 알았다. 박박 깎은 머리에 하얀 붕대를 감고 있던 모습만 기억에 남긴 채 말이다. 그날 아버지는 멍하니 벽에 기대어 앉아 있었다. 할머니가 아버지의 손을 잡고 우셨다.

"너가 불쌍해서 어쩌냐. 그렇게 속만 태우고… 너가 불쌍해서….'

할머니는 죽은 언니보다 아버지가 불쌍하다고 울었다. 아버지는 괜찮다고, 부모로써 최선을 다했으니 괜찮다고 하셨다. 그러나 작은언니 옷을 정리하면서 아버지는 할머니 몰래 혼자 우셨다. 나는 그때 아버지의 젊은 날 그 어깨 위에 드리운 짐이 얼마나 무거웠을까 지금도 가끔 생각한다.

나도 쌍둥이 아들을 낳아 키우면서 힘든 일이 많았다. 그중 둘째

가 청각장애라는 것을 알았을 때는 어떻게 이 아들을 키워야 할지 막막하기만 했다. 그럴 때마다 아버지가 해 주신 말씀을 속으로 되뇌었다.

'부모는 그저 부모노릇만 최선을 다해서 하면 되는 거다. 자식이 잘되고 못되는 건 하늘의 뜻이니 그것에 대해서는 걱정하지 마라.'

우리는 알아요
아버지 마음

지난해가 아버지 팔순이었다. 팔순 잔치를 마다하시고, 가족여행이나 같이 하자는 아버지의 뜻에 따라 우리는 강원도로 여행을 계획했다. 우리 오남매는 여러 지역에 흩어져 있을 뿐 아니라 모두 직장에 매어 있는 몸이었으므로 시간을 맞추기가 쉽지는 않았다. 약국에 있는 나도 평일에는 시간을 낼 수가 없어서 토요일, 늦게 합류하기로 하였다. 모든 진행은 방학 중이라 비교적 시간 여유가 있는 교사인 언니가 맡아서 진행하였다. 그런데 갑자기 여행이 취소될 위기에 처했다. 오남매의 카톡방에 분주히 카톡이 오갔다.

"아버지가 이번 여행 안 가시겠대. 우리들끼리 가라고 하시네."

부모님과 가까이 살면서 수시로 부모님 집에 드나들던 남동생이 이런 소식을 올렸다.

"헐! 무슨 일? 어디 편찮으신가?"

나는 그동안 부모님께 소홀히했던 자신에게 약간의 죄책감을 느꼈다.

"아버지 팔순 기념인데, 아버지가 빠지면 여행할 이유가 없지. 무슨 일이야?"

"엄마하고 싸우셨대. 어휴, 아버지가 전화로 이혼하겠다고 하셔서 내가 짜증을 확 냈네."

"그러시는 이유가 뭐야?"

우리들은 그리 놀랄 일도 아니라는 듯 "이번에는 무슨 일이야?" 하고 물었다. 자주 그러시는 것은 아니지만 두 분이 티격태격하시다가 자식들에게 각자의 억울함을 하소연하시곤 했다. 하지만 그런 다툼은 놀랄 정도로 빠르게 소멸되고, 두 분은 또 다정스럽게 서로 말씀을 주고 받으신다. 그럴 때면 '부부싸움이 취미이신가? 재미로 티격태격하시는 건가? 하고 여겨질 때도 있다. 그리고 두분이 아직 기력과 삶에 대한 열정이 있으신다는 생각에 무언가 안심이 되었다. 하지만 이번에는 가족여행 일정이 잡혀 있고, 아버지께서 한사코 여행을 가지 않겠다고 고집하시니 당장 어떤 조치든 취해야 했다.

"아버지가 어떤 할머니에게 너무 친절하셔서 엄마가 화 나셨대."

"헐, 그 연세에 아버지도 참, 의심받을 행동을 하시고, 엄만 아직도 질투를 하시나? 어쨌든 빨리 찾아 뵙고 화해시켜 드려."

　일차로 가까이에 사는 남동생이 공주에 있는 부모님댁에 다녀
왔다. 그러나 성공하지는 못한 듯 분위기는 여전히 냉랭하다고 했
다. 이차로 경기도에 사는 언니가 주말을 맞아 부랴부랴 공주로 내
려가서 두 분들을 달랜 후에 간신히 화해시켜 드렸다고 했다.

　가족여행은 유쾌하고 재미있게 진행되었지만, 한차례 마음고생
을 겪은 자식들의 마음에는 일의 진행을 껄끄럽게 한 아버지에 대
한 서운함이 남아 있었다. 그것은 온가족이 거하게 저녁식사를 마
치고 아버지가 한말씀하실 때 노골적으로 드러났다. 아버지는 초
등학교 교장으로 퇴임을 하셨으므로 가족들이 모두 모였을 때 훈
화처럼 한말씀을 하시곤 했다. 평소 같으면 자식들, 손자, 사위, 며
느리 모두 존경의 눈빛으로 아버지에게 주목하였을 텐데, 그날은
분위기가 영 잡히지 않았다.

　아버지께서 "내가 한마디 하마." 하시며 운을 떼시자 갑자기 자
리가 소란스러워졌다.

　"이렇게 이런 자리를 마련해 줘서 고맙다고는 하지 않을게. 자
식이 부모 생일 챙겨 주는 건 당연한 거라, 이런 게 고마운게 아니
고, 내가 너희들에게 고맙게 생각하는 건, 너희들 모두 건강하게
자기 자리를 잘 지키며 살고 있으니, 그게 고맙다."

　그 뒤로도 아버지의 말씀은 한동안 이어졌지만 남동생은 떼쓰며

내 마음의 파수꾼

우는 조카를 어루느라 집중하지 못한 척했고, 그 사이에 계산대에 다녀온 언니가 현금으로 계산하면 선물 준다는데, 현금 좀 갹출해 보자 하고 말해서 우리는 각자 지갑을 뒤적이느라 딴전을 피웠다.

아버지의 말씀이 끝나자마자, 남동생이,

"두 분 싸우지나 마세요."

하고 쐐기를 박아서 아버지에 대한 자식들의 소심한 복수를 마무리지었다.

하지만 안 듣는 척하고 있어도 아버지가 하시는 말씀이 무엇인지, 아버지의 마음이 어떤지 모두들 알고 있었다. 내가 예전에 그랬듯이 우리 오남매는 각각의 사연으로 무던히 아버지의 속을 섞혀 드리곤 했었다. 그때마다 아버지는 최선을 다해 우리의 길을 잡아주지 않으셨던가.

세상의 모든
아버지

비틀린 발을 주무르던 할아버지는 티눈 밴드를 발바닥에 붙인 후 절뚝거리며 약국을 나가셨다. 티눈 밴드는 내가 해 드릴 수 있는 최선이었다. 그것으로 그 단단한 티눈을 빼낼 수 없겠지만 조금

부드러워지기는 할 터였다.

　이곳에서 나는 많은 노인분들을 대한다. 그분들도 자식을 키우
느라 허리가 굽고, 눈가에 주름이 졌을 터였다. 자식들의 무던한
속썩임으로 가슴이 시커멓게 타들어 가기도 했을 것이다. 나 때문
에 아버지가 그리하셨던 것처럼, 속이 타들어 가면서도 최선을 다
해서 자식들을 키우셨을 것이다.

　그분들이 약을 타 가실 때 내미는 손마디는 굵으며, 손톱은 누렇
고, 두껍다. 어떤 손은 손끝이 갈라져 종이 테이프로 감겨져 있기
도 하다. 평생 일을 손에서 놓지 않으신 손들, 상처로 옹이진 손들,
그런 손들을 마주할 때, 네일 아트라도 해서 예쁘게 보이고 싶었던
내 손이 부끄러워지는 순간이다.

　이곳에서 나는 많은 아버님, 어머님들을 뵌다. 내가 아버지, 엄
마라고 부르는 분은 두 분이시지만 이곳에 오시는 모든 분들, 자식
을 키우느라 허리가 굽고, 무릎이 시큰거리는 모든 분들이 나의 아
버지, 엄마와 같은 느낌이다.

이동현

아직도 나를 물들이는
봉숭아처럼

아버지는 봉숭아다. 여전히 책을 읽는 아버지는 봉숭아를 닮았다. 서리 맞은 하얀 잎을 몇 개 들고 마른 정강이로 서 있는, 구순을 앞둔 늙은 봉숭아다. 소싯적부터 나는 늙은 봉숭아가 꼬투리를 터뜨려 씨앗을 뿌리는 것을 보았다. 봉숭아는 씨앗을 꼬투리에 쥐고 있지 않고 때가 되면 스스로 꼬투리를 터뜨려 이듬해 새로운 삶을 이어간다.

나 역시 나이가 들수록 과거에 비해 더해야 할 가치가 있다는 생각을 한다. 더욱이 현대 사회는 과거의 지식, 과거의 가치를 손에 꼭 쥐고 고집하려 해서는 안 되는 시대이다. 경험의 우위가 존중 받고 경험 자체가 삶의 우선적 가치가 되는 시대는 아니다. 모든 가치가 그런 것은 아닐지라도 오래된 것은 한번쯤 그 가치의 현재적 유용성에 대해 검증할 필요가 있다.

이동현

중학교에서 국어를 가르치며 자유학기 활동으로 디카시반을 운영하고 두 해에 걸쳐 작품집을 발간하는 등 시와 수업의 접목 지점에서 수업모형을 구안 적용함으로써 학생들의 삶에 맑은 시를 심는 노력을 하고 있다. 현재 공주대학교 대학원에서 석사과정 파견 연수 중이다.

봉숭아,
저무는 길을 걷다

처음 느낀 뜨거움이었다. 아무것도 보이지 않는 멍한 상태에서 누군가 덥석, 그러나 뜨겁게 내 손을 잡았던 것이다. 그 뜨거움의 진원지는 사춘기 이후 서먹했던 아버지의 두 손이었다.

예전의 군 생활 특히, 신병 훈련소 생활은 대한민국 남자들에게 있어 정신적으로 극한의 시간이 되는 경우가 많았다. 사회와는 완벽하게 단절된 환경 속에서 가족, 따뜻한 방, 눈을 붙일 수 있는 사소한 자유 등 마땅히 주어진 것들에 대한 고마움을 새삼스럽게 느끼는 것도 그때였다. 그리고 다행인 것은 자기 중심적인 삶에서 깨어나 주변에 대한 고마움과 존재의 의미를 깨닫는 시간이 되었다는 것이다. 명령에 의해서만 움직이고 심지어 사상조차 명령에 의해서만 조각되는 환경 속에서 훈련소 생활을 마치고 주어지는 가족 면회는 아주 특별한 경험이었던 것이다.

1992년 1월, 그러니까 경기도 양주의 어느 육군 사단 훈련소에서 신병훈련을 끝내던 날이었다. 수료식은 일사천리로 거행되었고 각자의 가족을 찾는 것은 신병들의 몫으로 남았다. 면회객들로 가득한 부대엔 간간이 눈발이 내리고 있었다.

부모님을 찾기 위해 인파 속을 둘러보았으나 보이지 않았다. 그냥 멍하니 서 있었다. 폭설 속에 묻히듯 나는 인파 속에 그렇게 묻혀 있었다. 간간이 흩날리던 눈발은 제법 세어지고 있었다. 면회 시간은 정해져 있었으므로 부모님을 만나기 전에 잃어버리는 시간이 속절없다는 생각도 차츰 잊어갈 때였다. 그때 그렇게 누군가의 손이 덥석, 그러나 뜨겁게 내 손을 잡는 것이다. 아버지였다. 일순 손가락에 봉숭아물이 들 듯 무언가가 내게로 진하게 물들어 왔었다.

그 손은 분명 아버지일 수밖에 없는 손이었다. 그리고 자식이 부모를 찾는 본능적 힘보다 부모가 자식을 찾는 본능의 힘이 더 강하다는 명제를 증명해 주는 손이었다. 인파 속에 서 있는 자식을 찾아내고도 굳이 이름을 부르지 않고 다가와 먼저 잡아 주는 손이었다. 그것은 사춘기 이후 소원해진 아버지로부터 내게 전해진 최초의 손이었으며 어색하면서도 아버지라는 존재를 뜨거운 손길로 경험했던 지워지지 않는 기억의 그림이 되었다. 신병 훈련소에서의 그 기억은 어린 시절의 짧은 기억과 접목되어 두 송이 하얀 목화꽃처럼 내 기억의 밭에 피어 있다.

어느 겨울날이었다. 아버지는 나를 업고 길을 나섰다. 무슨 일로 어디를 향했는지는 알 수 없는 일이나 산등성이에서 점점 강해져 가는 눈 줄기만큼은 또렷이 기억한다. 눈보라가 휘몰아치자 아버지는 업고 있는 내 발이 얼겠다며 아버지 바지 주머니에 밀어 넣어 주시는 것이었다. 나는 더 바싹 업히며 아버지의 등에 볼을 비볐던 기억까지의 프레임을 또렷이 간직하고 있다. 그랬던 아버지의 손과 팔이 이제는 늦가을 서리 맞은 봉숭아처럼 앙상한 뼈만 남았다. 세월이 흐를수록 점점 늙은 봉숭아 대궁을 닮아 가는 걸 느낀다.

그랬다. 봉숭아는 줄곧 우리 집이 흘러온 날들과 함께해 왔다. 마루에 쏟아지던 햇빛들이 곱게 익어 토방에 쏟아지던 날들, 헛간의 멍석들이 마당에 나와 앞자락을 벌려 밤하늘의 별들을 받아 모으던 날들, 메아리가 산에서 내려와 뒷문을 두드리며 찾아오던 날들과 함께.

기억 속에 접목된 봉숭아는 황토밭 이랑을 따라 씨를 뿌리는 아버지 같기도 했고, 구름을 열고 황혼을 뿌리는 저녁놀 같기도 했다. 볕 좋은 날이면 마당가에서 톡톡, 꼬투리를 비틀어 씨를 흩뿌리던 봉숭아. 톡톡, 시골집의 한가함과 나른함과 적막을 조심스레 깨는 소리의 진원지를 찾으려 골몰했던 기억. 오랜 세월이 흘러 그 기억을 읽는다.

어머니가 서녘 하늘의 북새로 물든 지 스무 해. 저무는 저녁길을 홀로 걷고 계신 아버지가 아직도 내 마음에 봉숭아 물을 들여 주신다. 그리고 나는 이제는 서리 맞은 늙은 봉숭아 같은 아버지를 연민으로 바라본다.

6 · 25의 강을
건너다

아버지는 1931년생이다. 현대사의 질곡과 궤적을 함께할 수밖에 없었던 아버지는 가난과 동행해 온 마른 봉숭아 같은 존재다. 스무 번이 넘는 이사 속에서도 가장 중요한 세간살이처럼 늘 따라와 함께한 봉숭아다.

아버지의 삶은 밖으로는 격동기 한국사와 맞물려 있었으며 안으로는 큰아버지라는 끈으로 묶여 있었다. 큰아버지는 해방 후 충남 경찰학교 2기 시험에 합격해서 경찰 생활을 시작하셨다. 그런 큰아버지 덕분에 아버지는 교복을 입은 학생 신분으로 역사의 격변기를 넘기며 살아왔다. 하지만 큰아버지의 역할은 잠시뿐이었다. 큰아버지는 한국전쟁 시 좌우 대립의 혼돈 속에서 좌익의 총구를 피하지 못하고 짧은 생을 마치셨다. 경찰직을 수행하던 큰아버지는 좌익의 표적이 되어 쫓기었고, 이곳저곳으로 피신하였으나 끝내 비운을 피해 가지 못하셨던 것이다. 보루였던 큰아버지를 잃은 집안은 급격하게 무너지기 시작했고, 그걸 감당해 내기에 아버지는 아직 어렸다. 큰아버지의 죽음은 곧 가문의 붕괴로 이어졌고 아버지는 그때부터 자수성가의 지난한 여정을 시작하게 되었다. 큰아버지의 보살핌으로 면에서 한 명밖에 가지 못하던 중학교에 진학했던 아버지는 큰아버지 사후 당장 수업료를 낼 수 없어 퇴학 위기에 처했다. 학생 신분으로 일찍 결혼을 했던 아버지는 어머니와 협의하여 채단을 팔아 학비를 충당해 겨우 졸업을 했다.

한국전쟁 중 학생 신분으로 공주며 대구로 피난생활을 했던 아버지는 휴전협정 후 바로 징집되어 입대하게 되었다. 당시로서 고학력자에 속했던 아버지는 장교 시험에 응시하려 하였으나 체중미달로 응시하지 못했고 행정병으로 군생활을 했다.

든든한 버팀목이자 인생의 좌표였던 형을 잃고 병역의 의무를 마친 아버지에게 남은 것은 오직 가난이었다. 그러나 그 가난 속에서도 아버지는 큰아버지가 남기고 간 유산과 같은 가치를 잊지 않았다. 그것은 교육과 선행이었다. 그래서 아버지는 항상 책을 좋아하셨고 사람의 도리를 강조하셨다.

책을 갈아
씨를 뿌리다

사람은 두 번 태어난다. 처음은 부모에 의해서고 두 번째는 책에 의해서다.

내가 초등학교 2학년 때였다. 황톳길이 비에 젖어 흙덩이가 신발이며 바지에 눌러 붙어 등하교에 어려움을 겪던 시절이었으니 봄에서 여름으로 넘어가는 계절이었을 것이다. 저녁이면 꼭 다음날 시간표를 확인해서 책가방을 준비하는 습관을 가지고 있던 나는 어느 날 국어 교과서가 없어졌다는 사실을 알게 되었다. 당황해서 풀이 죽은 내 모습을 보고,

"왜 그러니?"

아버지께서 물으셨다.

"국어 교과서를 잃어버린 거 같아요. 아무리 찾아봐도 없어요."

어디에 놓고 오거나 누구에게 빌려 준 사실도 없고 방안 구석구석을 찾아봐도 보이지 않는다고 말씀드렸다. 아버지께서는 잠시 생각하시다가,

"학교에 놓고 왔을 수도 있으니 내일 가서 확인해 보렴."

그렇게 나를 안심시키려 하셨다.

다음 날 학교에 가서 책상 속이며 교실 이곳저곳을 찾아보았으나 국어 교과서는 보이지 않았다. 집에 돌아온 나는,

"학교에도 없어요."

울먹이며 말씀드렸다.

"음, 교과서 없이 공부할 수는 없는 노릇이고…."

며칠 후 아버지는 내게 새 국어 교과서를 내미셨다. 멀리 천안까지 가서 교과서를 사 오셨던 것이다.

그 후로 나는 교과서를 잃어버린 적이 없다. 대학 시절엔 학기가 끝나면 교재를 후배들에게 주는 것이 관례였으나 지금도 대학 교재들을 서재에 보관하고 있는 것은 어린 시절 아버지가 먼 길을 가서 어렵게 구입해 오신 국어 교과서에 대한 기억 때문인지도 모른다.

고등학교 시절, 대전에서 유학하고 있을 때였다. 아버지로부터 편지를 한 통 받았다. 동생이 중학교 국어책을 분실했다는 사실과

아직도 나를 물들이는 봉숭아처럼

아버지께서 천안 동방서점에 갔었으나 구하지 못했고 서점 주인이 이르기를 대전에 가면 살 수 있을 거란 말만 듣고 오셨다는 것이었다. 하여, 대전 시내의 서점을 돌아보고 국어책이 있으면 사서 부치라는 내용이었다. 아버지의 편지를 보고 나는 대전 시내 서점들을 돌아봤으나 끝내 중학교 국어책을 사지 못했다. 다만 초등학교 시절 내가 교과서를 분실했을 때 아버지가 멀리 천안까지 가서 들렀던 서점 이름이 동방서점이란 사실만 새롭게 알게 되었다.

1970년대는 서점도 흔하지 않던 시대였다. 더구나 수요도 거의 없을 초등학교 국어 교과서를 판매하는 서점은 더더욱 찾기 힘든 시기였다. 어쨌든 아버지는 공부를 중요하게 생각하셨고 그 공부의 중심에는 항상 책이 있었다. 어린 자식이 교과서를 분실했다고 천안까지 가서 구해 오신 그 시절의 아버지가 지금도 인생의 나침반이 되고 있다.

그래서인지 우리 집엔 책이 많다. 이사할 때마다 업체로부터 견적 내기가 힘들다는 원망을 듣는다. 이사업체는 책이 많다는 이유로 선뜻 계약하고 싶어 하지도 않는다. 며칠 전 이사를 했는데 이번에 이삿짐을 옮겨 준 업체 사장님은 우리 집 전체가 무슨 도서관인 줄 알았다며 지금까지 본 집 중 책이 가장 많다고 했다. 아버지의 영향으로 나도 우리 아이들도 책을 좋아하다 보니 집이 온통 책일 수밖에 없다. 아버지는 우리 집에 오실 때마다 많은 책을 보고

아주 흡족해 하신다.

교육자 집안을
꿈꾸다

　나이를 먹어 갈수록 인생에 꼭 있었으면 싶은 것들이 있다. 그것은 정신적인 것들이다. 물질적인 것은 노력으로 채울 수 있지만 정신적 영역의 허허로움은 쉽게 채울 수 없는 법이다. 사람마다, 삶의 단계마다 다를 수 있겠지만 아버지는 인생에서 꼭 있어야 하는 것으로 세 가지를 말씀하셨다. 스승과 제자 그리고 친구다. 나도 나이를 먹어 가며 스승의 날이면 꼭 찾아뵙고 싶은 스승 한 분을 생각하게 되었고, 돈독한 제자 한 명과 허물없는 친구 한 명은 있어야 인생이 공허로부터 벗어나 풍요로워질 수 있다는 생각을 하게 되었다.

　아버지는 가르치는 공식적인 자리에 계시지 않았지만 제자들이 있다. 책을 좋아하고 공부하는 것을 중요시해 온 아버지는 동네 청년들을 모아 야학을 운영하셨다. 배움이 보편적이지 않았던 1960년대에 아버지는 학교 문턱을 넘어 보지 못한 동네 청년들을 집으로 오게 해서 한글과 한자, 영어를 가르치셨다. 덕분에 그 청년들은 사회에 나가 실력을 인정받으며 졸업장이 없어도 당당하게 살아 왔다고 한다. 그때 아버지의 가르침을 감사하며 아직도 아버지를 찾아오는 사람들이 있다.

동네 청년들을 대상으로 한 야학에 대한 출발점은 아버지 스스로 공부하고 싶었던 욕망이라고 하셨다. 물론 교육의 혜택을 받지 못한 가난한 아이들에 대한 연민이 기저가 된 것도 사실이지만 말이다. 아버지는 야학을 운영하며 스스로 더 많은 공부를 하는 계기가 되었다고 한다. 가르친다는 행위는 먼저 스스로 알아야 하는 과정이고 그 과정을 통해 진정한 공부가 된다는 사실을 깨달았기 때문이다.

아버지께서는 자식들에게도 기회 있을 때마다 수학, 영어, 한문 등을 가르쳐 주셨다. 내가 처음으로 영어를 배운 것도 아버지로부터였으니 초등학교 3학년 겨울에 알파벳을 시작했던 기억이 또렷하다. 아버지는 알파벳을 읽고 쓰는 법은 물론이고 소리값을 적는 원리까지 한글과 비교하며 가르쳐 주셨다.

아버지는 비 오는 날이거나 눈이 많이 내린 날이면 옛날이야기처럼 여러 말씀들을 해 주시곤 하셨는데 주로 교육에 관련된 이야기가 많았다. 그 중 소학교 때 선생님으로부터 칭찬받은 이야기는 언제나 빼놓지 않으셨는데 비록 일본인 선생님이었지만 좋은 가르침을 주신 그 선생님을 잊을 수 없다는 말씀이었다. 나라를 잃고 일본인 선생님을 만난 건 역사의 아픔이자 아쉬움이고 그 선생님에 대한 기억은 일본인에 대한 기억이 아니라 스승에 대한 기억이라는 말씀이셨다.

아버지는 나에게 늘 선생님이 되라고 하셨다. 그러니까 아버지의 꿈은 우리 집안을 교육 가족으로 만드는 것이었다. 아버지의 그 꿈은 하나둘씩 실현되어 자식은 물론 며느리, 손자, 손녀들까지 교육 공무원으로 여럿을 두시게 되었다.

아버지는 여전히 말씀하신다. 훌륭한 스승과 듬직한 제자 그리고 좋은 친구를 둔 사람은 그냥 믿어도 좋은 존재라고. 그런 사람은 매사에 긍정적이고 이타적이며 진솔한 법이라고.

노란 편지꽃을 피우다

편지만큼 두고두고 사람을 키우는 것은 없다. 내게는 인생의 보물과 같은 세 종류의 편지들이 있다. 학창 시절 선생님들로부터 받은 편지와 군 복무 시절 제자들로부터 받은 편지 그리고 고등학교 유학 시절 아버지로부터 받은 편지가 그것이다. 학창 시절 그러니까 중학교 시절 선생님들로부터 받은 편지와 고등학교 시절 아버지로부터 받은 편지는 내가 대학을 졸업하고 교사로 발령받아 고향에 다시 오게 되었을 때 아버지께서 내어 주신 것들이다. 아버지는 그 편지들을 버리지 않고 잘 묶어 보관하고 계셨던 것이다. 이등병 때 제자들로부터 받은 편지들은 비닐에 싸서 부대 공터에 몰래 묻어 두었다가 휴가 때 어렵게 가지고 나와 지금까지 보관하고 있는 것들이다. 그 편지들은 모두 내 인생의 기념물이다. 그 중 선생님들로부터 받은 편지와 아버지의 편지들은 내 인생에 있어 지표가 된 기록물이다.

아버지께서는 항상 배움의 중요성을 말씀하시곤 하셨는데 그 안에는 삶의 기본이 되는 인성과 지혜를 담고 있었다. 가르쳐 주시는 선생님에 대한 존경이 학교 생활의 시작이라고 하셨다. 그래서 초등학교를 입학해서 중학교를 마칠 때까지 나는 줄곧 방학마다 선생님들께 안부 편지를 드리는 것이 기본이었다.

아닌 게 아니라 사람과 사람의 관계엔 편지만한 진정성이 없었다. 선생님들께 드린 편지는 며칠 안으로 답장을 끌어오곤 했다. 초등학교 5학년 때는 여름방학이 끝나고 담임 선생님이 교감 선생님께서 부르신다며 교무실로 나를 데리고 가셨다. 무슨 일인가 했더니 교감 선생님께서 방학 때 드린 편지를 말씀하시면서 칭찬해 주시는 것이었다.

방학 때마다 아버지께서는 선생님들께 감사 편지를 드리도록 했고 나는 아버지의 말씀에 충실하게 따랐다. 40여 년이 지난 지금도 우리 집 서재엔 그때 선생님들로부터 받은 편지들이 세월의 색을 입고 책들과 나란히 있다. 그러고 보니 초등학교 선생님들은 답장을 안 주셨던 거 같다. 제자가 어리다고 생각하셨는지 개학 후 직접 고맙다는 말씀을 주신 기억이 많다. 중학교 선생님들은 답장을 많이 주셨다. 지금 보관되어 있는 편지들은 중학교 선생님들이 주신 편지들이다.

다른 학교로 전근 가신 후 보내 주신 국어 선생님의 편지에는 괴산 우체국 소인이 찍혀 있다. 격려의 내용이 커다란 글씨로 지면을 꽉 채우고 있다. 수학 선생님의 편지는 백지에 가지런히 쓰신 편지다. 고교에 진학하면 더욱 학문에 정진하여 훌륭한 사람이 되어 줄 것을 당부한다는 내용이다. 도덕 선생님의 편지는 겉봉에서부터 사색을 담고 있다. 간혹 느끼게 되는 삶의 회의 내지 현실과 이상의 넓어진 간격을 스스로 메울 수 없는 혼돈에 빠질 때는 친구와 책을 찾으라는 내용이 담긴 편지다.

오랜 세월 이 편지들과 함께할 수 있는 이유는 아버지께서 나의 상장, 통지표 등과 함께 상자에 넣어 잘 보관하다가 전해 주신 덕분이다. 내가 대전이나 공주에서 유학하던 시절이나 군대 시절 등 집을 나와 있는 동안 내 인생의 흔적들을 고스란히 챙겨 주셨던 것이다.

늙은 봉숭아를
읽다

아버지는 봉숭아다. 여전히 책을 읽는 아버지는 봉숭아를 닮았다. 서리 맞은 하얀 잎을 몇 개 들고 마른 정강이로 서 있는, 구순을 앞둔 늙은 봉숭아다. 소싯적부터 나는 늙은 봉숭아가 꼬투리를 터뜨려 씨앗을 뿌리는 것을 보았다. 봉숭아는 씨앗을 꼬투리에 쥐고 있지 않고 때가 되면 스스로 꼬투리를 터뜨려 이듬해 새로운 삶을 이어간다.

나 역시 나이가 들수록 과거에 비해 더해야 할 가치가 있다는 생각을 한다. 더욱이 현대 사회는 과거의 지식, 과거의 가치를 손에 꼭 쥐고 고집하려 해서는 안 되는 시대이다. 경험의 우위가 존중받고 경험 자체가 삶의 우선적 가치가 되는 시대는 아니다. 모든 가치가 그런 것은 아닐지라도 오래된 것은 한 번쯤 그 가치의 현재적 유용성에 대해 검증할 필요가 있다.

아버지는 1931년부터 긴 글을 써 왔다. 그리고 이제 나는 그 봉숭아 같은 아버지를 읽을 수 있는 나이가 되었다.

이제는 늦가을, 마른 정강이로 서 있는 연륜의 봉숭아를 바라본다. 오후 햇볕이 가을을 깔고 앉아 감물을 들이는 사이 늙은 봉숭아가 씨를 던지고 있다. 선홍빛 꽃잎을 쟁여 넣은 저 씨앗들. 봉숭아가 생을 적바림한다. 헐렁한 몸으로 꼬투리를 열어 목탁 소리를 던진다. 선홍빛 꽃잎을 차곡차곡 접어 넣은 마른 꼬투리. 터뜨리지 않으면 다시 꽃이 될 수 없다고, 나이를 먹을수록 오래된 생각일수록 깨뜨려야 다시 빛을 담을 수 있다고, 늙은 봉숭아가 마른 정강이로 서서 책을 들고 꼬투리를 깨고 있다.

괜찮다, 괜찮다, 괜찮다

원미연

돌에
피는 꽃

이제 그 많던 돌들은 아버지의 젊은 날과 함께 어딘가로 사라지고 없다. 퇴직 후 경제적 능력과 건강이 사라지면서 아버지는 돌들을 하나둘 처분하기 시작하셨다. 엄마가 앞장서서 늘 못마땅해 하시던 돌의 처분을 밀어붙이셨다. 더러는 원하지도 않는 자식과 사위들에게 나눠 주시기도 하셨고 놀랍게도 돈을 받고 팔기도 하셨다.

"어디 내다버려도 모르는 사람은 주워 가지도 않을 돌멩이가 뭐가 아까워. 니 아부지 돌아가시면 누가 내다버리기도 힘든데 단돈 천원을 준대도 돈 주고 가져 간다는데 얼른 줘야지."

아버지가 서운해하시지나 않을까 엄려의 말을 했을 때 엄마가 하신 말씀이다. 아버지의 돌들은 그렇게 평생 모으고 가꾼 공에 비하면 터무니없는 헐값에 팔려 집을 떠났다. 이제 아버지의 거실과 서재에는 그분의 평생이 돌과 함께였다는 것을 알려 주는 각종 수석회 배지와 감사패들만이 훈장처럼 주렁주렁 걸려 있다.

원미연

충남 아산에서 태어나 대전에서 성장했다. 당진중학교 대호지분교에 첫 발령을 받아 꿈에 그리던 시골 분교 국어 선생이 되었다.
5년만 하고 그만두려했던 선생 노릇을 하며 삼십여 년 가까이 중학교 교사로 살고 있다.
처음처럼 작은 시골학교에서 퇴직할 날을 꿈꾸고 있다.

푸른 제복과
돌에 관하여

매일 저녁 여섯 시가 되면 국기 하강식을 알리는 애국가가 울려 나오고 길 가던 사람들과 차들이 애국가가 끝날 때까지 통행을 멈추고 서 있던 시절이었다. 대전역과 충남도청이 마주 보는 대전 번화가의 상징이었던 은행동대로 확성기에서 사이렌이 울리고 애국가가 시작된다. 도청 앞에 제복을 갖춰 입은 건장한 체격의 교통경찰관이 길게 호각을 불면 대전역까지 이어지던 자동차 행렬이 일제히 멈춰선다. 그는 열병을 하는 군인처럼 절도 있게 뒤로 돌아 게양대에서 내려오는 국기를 향해 힘 있게 거수경례를 한다.

푸른 교통경찰관 제복 한 쪽 어깨에 매달려 있던 은빛 호각과 검은 차양 위에 경찰을 상징하는 독수리 표찰이 있던 하얀 모자, 손에 늘 들고 다니시던 밤이면 빨간 불이 들어오던 플라스틱 지휘봉, 그리고 집안 거실과 좁은 마당에 가득 쌓여 있던 돌들. 한때는 일상이었던 익숙한 것들, 아버지의 젊은 날과 함께 시나브로 사라져 버린 제복과 돌에 관한 이야기를 해 보려 한다.

어릴 적 나에게 아버지는 큰 산이었다. 큰 키와 건장한 몸집, 거기에 걸맞는 우렁찬 목소리를 가지셨던 아버지는 이 세상에 아무것도 두려운 것이 없는 사람이라고 생각했다. 가난했지만 늘 당당하셨고 가족들의 든든한 울타리가 되어 주셨던 아버지는 지방직 말단 공무원으로 외할머니까지 모시고 다섯 자식들을 공부시키시면서도 가족에게 경제적인 어려움을 토로하신 적이 없었다. 그러나 그만큼의 무게로 자식들의 학업에 대한 열의와 기대를 가지고 계셔서 집안의 첫째였던 나에게는 무겁고 버거운 대상이기도 했다.

당시는 국민학교라 불리던 초등학교에 입학하기 전부터 아버진 내게 한글과 산수를 손수 가르치셨다. 학교에 입학하고 나서는 그

날 배운 내용을 묻고 받아쓰기를 하거나 산수 문제를 내시곤 했다. 그때부터였던 것 같다. 아버지의 테스트는 어린 나에게 큰 부담이 되어 어느 순간부터 위압적이고 목소리가 큰 아버지 앞에만 서면 알던 문제도 생각이 안 나고 머릿속이 점점 백지가 되었다. 어쩌다 말대답이라도 하려고 입을 열면 두려움에 눈물이 먼저 쏟아져 제대로 말을 할 수가 없었다. 놀고 있는 모습을 보면 꾸지람을 듣기 일쑤였기 때문에 우리 형제들은 저녁에 아버지가 돌아오시는 소리가 들리면 하던 일을 멈추고 재빨리 책상 앞에 가서 공부를 하는 척 책을 펴놓고 앉아 있었다. 공부와 관련된 일을 제외하면 아버지는 자식들에게 매우 섬세하고 다정다감한 사람이었지만 나는 그분 앞에서 늘 주눅이 든 채 어린 시절을 보냈다.

한강변 모래밭과 이불 보따리

충남 아산에서 농사지을 한 뼘 땅도 없는 가난한 집안의 3남 1녀의 장남이셨던 아버지는 중학교를 다니던 어느날 학업을 계속할 수 없게 되자 서울행 완행열차를 타셨다. 할머니가 찐빵을 팔아 마련해 준 차비와 이불 보따리 하나가 가진 것의 전부였다. 고학을 하며 공부를 계속할 생각이었다. 처음 며칠은 한강변 모래밭에서 잠을 청하기도 하셨다 한다. 일할 곳을 찾아 무작정 돌아다니다가 어느 미군부대 앞에서 출근하는 여직원에게 자신의 사정을 이야 기해 일자리를 얻었다. 낮에는 미군부대에서 잡일을 하고 저녁에 야간 기술고등학교를 다니셨다. 체격이 좋고 부지런하셨던 아버 지는 미군부대에서 신임을 얻어 나중에는 그 곳에서 트랙터를 운 전하는 일을 맡아 안정적으로 공부를 계속할 수 있을 것 같았다. 그러나 어느날 일을 마치고 학교에 가던 고등학교 3학년 무렵 길 에서 징집이 되어 군대에 끌려가시게 되었다고 한다.

당시 할아버지는 목수 일을 하셨는데 집을 지어 주면 대들보를 묶어 끌어 올리던 광목이 목수들의 차지였다고 한다. 술을 좋아하 시던 할아버지는 몇 날 몇 달씩 나가 목수일을 하시고 돌아오실 땐 술에 취해 광목 꾸러미만 등에 지고 돌아오시곤 해서 생활을 책임 져야 했던 할머니와 사이가 좋지 않으셨다. 먹을 것이 없어 여섯 살에 민며느리로 시집을 왔다는 할머니가 원망과 패악의 말을 쏟 아내시면 '젠장' 한마디 하시곤 방으로 들어가시던 할아버지의 모 습이 남아 있다. 아버진 제대 후 학업을 포기하고 취직을 하여 안 양에 자리를 잡자 시골에 계신 부모님과 동생들을 데려와 가장이 되셨다. 몇 년 후 방직공장에 다니던 엄마와 결혼을 하시고 고향에 집과 논밭을 마련하여 아산으로 내려오셨다. 어린 시동생과 같은 방을 쓰면서 신혼생활을 하던 엄마가 공장에 다니며 모아둔 돈을 내놓아 이루어진 일이었다.

　여덟 살 어린 나이에 아버지를 여윈 무남독녀 외딸이었던 엄마는 외할머니를 모시고 살 수 있는 혼처를 찾느라 서른 살이 되어서야 아무것도 가진 것 없는 아버지를 만나 결혼을 하셨다. 유난히 키가 작고 왜소한 몸을 가지셨던 외할머니는 늘 맞벌이를 하시는 엄마 대신 살림을 하시고 우리 다섯 남매를 업어 키우셨다. 다섯 아이를 차례로 키우느라 십여 년을 넘게 사용하던 낡은 포대기와 숱이 없는 뒷머리에 꽂혀 있던 작고 낡은 은비녀를 생각하니 마음이 아프다. 같은 동네의 산 중턱에 집을 짓고 따로 사셨던 할아버지와 할머니는 외할머니가 돌아가신 이후에 우리와 합가를 하셨다.

함석지붕 헛간

　고향에 마련한 개울 근처에 있던 기역자 모양의 초가집에서 나는 집안의 첫째로 태어났다. 기역자로 꺾여지는 부분에 커다란 부

엽이 있는 방 세 칸짜리 집이었다. 한쪽에 작은 텃밭이 있던 뒤란
엔 우물과 장독대가 있고, 포도나무 덩굴이 늘어진 돌담 너머로 넓
은 냇가 모래밭과 흐르는 시냇물이 보였다. 집을 둘러싼 돌담 아래
엔 여름이면 이름모를 노란 꽃이 담장 밖으로 고개를 내밀고, 봉숭
아, 채송화, 분꽃같은 정겨운 꽃들이 심어진 소박한 시골집이었다.
나는 그 돌담 밑에서 깨진 사금파리를 가지고 소꿉장난을 하며 유
년기를 보냈다.

아버지는 기역자 집에 연결된 커다란 헛간을 만들어 마당을 가
운데 두고 집이 디귿자 모양이 되었다. 헛간에 물레방아 모양의 수
동식 나무 기계를 들여 놓고 노끈을 감아 파는 사업을 시작하셨다.
헛간을 덮은 함석지붕은 비가 오면 지붕에 떨어지는 빗소리가 제
법 크게 들리곤 했다. 밤에 잠을 자다가 타닥타닥 함석지붕을 두드
리며 처음에 한두 방울로 시작되던 빗소리가 점점 거세지는 걸 듣
고 있던 기억이 난다. 지붕에 떨어지던 소란스러우면서도 경쾌한
빗소리는 고향을 떠난 이후에도 비오는 날이면 오랫동안 되살아
나곤 했다.

아버지가 헛간을 짓고 시작한 첫 사업은 몇 년간은 꽤 잘 운영이
되었다고 한다. 마대 자루를 사다가 동네 사람들에게 하청을 주어

자루의 실을 뽑아 오면 삼촌들과 함께 노끈을 꼬고 다발을 만들어 시골을 돌며 파는 일이었다. 아버지는 같은 동네에 살던 친구를 고용하여 노끈을 파는 영업을 맡기셨다. 몇 년 뒤 그 친구는 자신이 직접 그 사업을 시작하면서 아버지는 졸지에 거래처와 친구를 함께 잃고 노끈사업을 접게 된다. 부산으로 내려가 다른 사업을 시도했지만 딸 셋을 낳고 가까스로 얻은 아들이 연탄 아궁이로 굴러 뒷머리에 큰 화상을 입는 끔찍한 사고를 당하고는 다시 고향으로 내려오셨다. 지금도 뒷머리에 큰 흉터가 남아 있는 남동생을 엄마는 화상이 아물기까지 일년 여의 시간을 가슴에 안고 엎어 재우며 눈물로 밤을 지내셨다고 한다. 고향으로 돌아와 나는 초등학교에 입학을 했고 잠시 농사를 짓기도 하셨던 아버지는 남아 있던 논을 팔아 다시 서울로 올라가셨다. 그 이후 대전에 정착하기 전까지 아버지는 집을 비우시는 날이 많았다. 나중에는 추석이나 설날이 되어야 집에 돌아오시곤 해서 명절이 가까우면 매일 동생들과 읍내에서 마을로 버스가 들어오는 길가에 나가 아버지를 기다리곤 했다. 어느 해인가 막차에도 아버지가 내리지 않은 추석 전날, 쌀쌀하고 시렸던 가을 저녁 공기가 아직도 생생하다.

번데기와
해삼

    한동안 집 밖을 떠돌던 아버지는 임시직 교통 공무원으로 취직하여 대전에 자리를 잡게 되셨다. 대전 경찰서에 소속된 계약직으로 교통 경찰관의 업무를 보조하다가 나이가 드신 후엔 경찰서의 지방직 공무원으로 정년 퇴직을 하시게 된다. 박봉이지만 안정된 일자리를 갖게 되자 대전역 근처에 단칸방을 마련하여 가족을 데려오셨다. 전학 오던 날이 생각난다. 학교에서 친구들에게 작별인사를 하고 집으로 걸어오던 신작로에 멀리 아지랑이가 어지러웠던 봄날, 초등학교 4학년이었다. 어린 세 명의 동생은 외할머니와 함께 시골에 남겨 두고 2학년이던 여동생과 엄마와 함께 버스를 타면서 슬픈 감상에 젖어 많이 울었다. 버스와 기차를 여러 번 갈아타고 차멀미에 시달리며 대전에 도착했을 때, 이미 어두워진 거리를 밝히던 도시의 불빛을 잊을 수 없다. 대전역에서 멀지 않았던 집으로 걸어가려면 철길 밑 굴다리를 지나야 했다. 어두컴컴한 다리 밑을 환하게 밝히던 전등 불빛과 좌판에 진열되어 있던 물건들이 낯설고도 화려하게 보였다. 조용하고 깜깜한 시골 마을과는 다른 활기가 넘치는 도시의 저녁 거리는 어린 소녀에게 열린 새로운 세상이어서 생에 대한 알 수 없는 기대감에 설레기도 했던 것 같다.

　대전에서 처음 살았던 단칸방은 방문을 열면 작은 부엌이 있고 수도는 주인집 좁은 마당에 있는 것을 함께 사용했다. 화장실은 골목 한 쪽에 자리잡은 동네 공동화장실을 이용했다. 그 당시에는 아이 많은 집은 방을 구하기가 어려웠다. 아이들이 많은 집에선 우선 두세 명의 아이를 데리고 이사를 해 놓고 나머지 아이들을 시골의 부모님 댁이나 친척집에 맡겨 두었다가 한두 달 후에 데려오는 경우도 허다했다. 우리도 대전에 온 후 몇 개월이 지나서야 어린 막내 동생만 외할머니께 맡겨 두고 셋째, 넷째 동생을 데려왔다. 작은 창문을 열면 격자무늬 쇠창살 너머로 골목길과 공동 화장실이 내다보이던 그 작은 방과 밤이면 딸깍 스위치를 돌려 불을 켜던 하얀 알전구가 생각난다. 아버지는 퇴근 길에 번데기를 자주 사오시곤 했다. 시장 길 다리 위에서 리어카 위에 솥을 걸고 삶아 파는 번데기였다. 저녁 무렵 다리를 지나갈 때면 김이 오르는 솥에서 번데기 삶는 냄새가 구수하게 올라오곤 했다. 어느 날 번데기를 먹고 배탈이 나서 학교에 못 가고 동생과 나란히 어두침침한 방에서 누워 있던 날 이후로 나는 한동안 번데기를 먹지 않았다.

　아버지가 돌을 모으는 취미를 갖게 된 이후 바닷가로 탐석을 다녀오시는 날은 해산물을 사 가지고 오실 때가 많았다. 해삼은 생긴 모양도 그렇거니와 식감도 딱딱해서 우리 형제들은 먹기를 거부했다. 아버지는 바다에서 나는 인삼임을 강조하시며 그것을 자식들에게 억지로 먹이셨는데 용돈을 받을 욕심에 억지로 오도독 오도독 씹어 먹던 찝찔한 해삼의 맛이 생각난다. 자식들의 영양 보충을 위해 아버지가 하셨던 또 한 가지는 과일 먹는 날 행사였다. 딸기 철이 끝날 때, 복숭아 철, 포도 철이 끝날 무렵이면 값이 싼 끝물 과일이 가득 찬 커다란 상자가 아버지 어깨 위에 들려 있었다. 그런 날은 무르익어 터질 것 같은 과일들을 씻어 커다란 양푼에 수북이 쌓아 놓고 다섯 명의 아이들이 질리도록 먹는 과일 파티가 벌어졌다. 한 철에 한 번씩 있는, 기억에 남는 행사였다.

도서관과
소설책

대전에 전학 온 얼마 후 일요일, 아버지는 나와 동생을 오토바이에 태워 시립도서관에 데려가셨다. 대흥동에 있던 시립도서관 건물은 일제 강점기 때 지어진 석조 건축물이었는데 나는 처음 본 웅장한 건물 자체에 압도되었고, 오래된 책 냄새와 조용하고도 경건

하게 느껴지던 도서관 분위기에 매료되어 첫날부터 도서관을 좋아하게 되었다. 게다가 도서관 앞에는 일요일 밤에 방영하던 흑백 텔레비전의 명화극장에서나 볼 수 있었던 십자가가 달린 뾰족한 종탑과 아치형 창문을 가진 교회가 있었다. 깨끗한 대리석 바닥과 높은 천정 아래서 책을 읽고 있으면 나는 촌티를 못 벗은 작은 계집아이가 아닌 도서관을 다니는 괜찮은 아이가 된 것 같았다. 학교에 가서 아이들에게 도서관에 다녀온 이야기를 하면 그런 도서관이 있는 것조차 모르고 있는 아이들이 많아서 긍지와 뿌듯함마저 느꼈다. 어린이 열람실에서 책을 읽다가 고개를 들면 유리창 너머로 보이는 교회와 일요 예배를 알리는 묵직한 종소리, 예배당에서 울려 나오던 찬송가 소리가 지금도 생각난다. 그러나 아쉽게도 도서관에 다닌 지 채 일 년이 못되어 시내 한복판에 있던 도서관이 시 외곽으로 큰 현대식 건물을 지어 옮겨 가면서 나의 도서관행도 막을 내리게 되었다.

사춘기를 겪으면서 아버지에게 소설책을 사 달라고 요구한 적이 있었다. 나에게 그 사건은 소심하지만 마음먹고 해 본 유일한 사춘기의 반항이었다. 사실 대전에 이사 온 얼마 후부터 나는 학교 근처에 있던 만화가게라는 신세계를 발견하고 만화에 빠지게 되었다. 학교를 오가는 길가에 있던 그 만화가게는 투명한 격자 유리로 된 출입문 가득 만화책를 진열하고 있었다. 투명 유리창 안쪽에 고무줄을 걸어 만화책 뒷면을 받쳐 표지가 밖에서도 보이게 진열하는 방식이었다. 밖에서 제목만 쳐다보다가 어느 날 용기를 내어 유리문을 밀고 만화가게로 들어간 이후, 얼마되지 않던 내 용돈을 그곳에 쏟아 붓게 되었다. 그때 주로 본 만화는 꺼벙이 시리즈였는데, 무전여행을 떠나 좌충우돌하는 용감한 주인공의 행보는 어린 가슴을 조마조마하게 하면서 내가 꿈꿔 보지 못한 낯선 곳으로의 여행에 대한 설렘을 가지게 했다. 매일 하교 후 만화가게에 들러 한두 권의 만화책을 보고 집으로 돌아오곤 했는데 초등학교를 졸업할 때까지 내가 만화에 빠져 산 것을 가족들은 아무도 몰랐다. 중학교에 진학한 후 나의 만화 사랑은 소설책에 빠지면서 대체되었으나 고등학교 때까지 이불 속에서 아버지 몰래 밤을 새워 장편 만화를 보는 일이 종종 있었다.

아버진 만화책 같은 건 비행 청소년이나 보는 책으로 여기고 계셨고, 교과서 이외의 책을 읽는 것을 좋아하지 않으셨기 때문에 내가 그 소설책을 사 달라고 아버지에게 말하는 것은 커다란 용기가 필요한 일이었다. 지금 생각하면 웃음이 나는 일이지만 나는 그 말을 하기 위해 며칠을 마음을 다잡았는지 모른다. 내가 용기를 내어 그 이야기를 꺼냈을 때 아버지는 무척 놀라는 눈치였다. 그리고 예상대로 입에서 나온 말은 "공부를 해야지 무슨 소설책을 읽겠다는 거냐?"는 거였다. 나는 마음 속으로 여러 번 생각해 둔 말로 아버지에게 대답했다. "국어 선생님이 소설책도 많이 읽어야 한다고 하셨다고, 그것도 공부라고 했다."고, 아버지가 그때 소설책을 사주셨는지 지금은 기억이 나지 않는다. 중요한 것은 처음으로 아버지에게 내 나름의 반항을 한 사춘기의 첫 사건이라는 것이다.

소설을 읽기 시작하면서 대학에 가고 싶은 열망이 싹트기 시작했다. 소설이나 영화에서 본 대학의 도서관과 기숙사 생활에 대한 동경과 자유롭고 낭만적인 캠퍼스 생활에 대한 환상도 있었지만 무엇보다도 나는 집을 떠나고 싶었다. 그것은 나를 구속하는 아버지를 벗어나고 싶은 은밀한 열망이기도 했다. 그러나 집도 없이 전세방을 전전하는 현실과 아래로 네 명의 동생을 가진 집안의 장녀로서 과연 내가 대학에 진학할 수 있을까 하는 걱정이 되었다. 그래서 어느 날 공부 열심히 하라는 습관적인 아버지의 말꼬리를 잡아 용기를 내어 물었다.

"공부 열심히 하면 대학에 보내주실 거냐?"

아버지는 잠시의 망설임도 없이 대답하셨다.

"공부만 잘하면 빚을 내서라도 대학에 보내 줄 테니 걱정하지 말고 공부만 열심히 해라."

나는 아버지의 그 말씀을 조금의 의심도 없이 믿었고 보험을 들어 놓은 것처럼 늘 마음이 든든했다. 그래서 중학교 3학년 때 학교에 고입 상담을 하러 오신 엄마가 담임 선생님의 권유로 상업학교 진학에 동의하셨을 때 나는 깊은 실망감을 넘어 대학에 꼭 보내 주겠다던 아버지의 약속 아닌 약속을 생각하며 배신감까지 느꼈다. 그래서 고입시험 공부를 거의 하지 않았을 뿐 아니라 시험에 떨어지면 자동으로 인문계 고등학교에 시험을 볼 수 있었기 때문에 고입 시험을 내 나름으로는 대충 보았다. 하지만 중학교에서도 성적이 썩 좋은 편은 아니었음에도 덜컥 합격이 되었다. 충남의 중학교에서는 전교 3등 안에는 들어야 원서를 써 준다는 대전의 명문 여자상업고등학교였다.

나는 원하지 않는 학교에 들어와 대학에 대한 꿈이 멀어졌다는 생각에 학업에 열의가 없어졌고 성적은 처음부터 바닥으로 떨어졌다. 수업의 절반을 차지하던 부기, 회계 같은 상업 과목에는 영 젬병이었을 뿐 아니라 흥미도 없어서 그런 시간에는 늘 책상 밑에 소설책을 펼쳐 놓고 있었다. 다행히 학교에 꽤 큰 도서관이 있어 좋아하는 책을 많이 읽을 수 있는게 위안이 되었다. 고등학교 생활의 대부분을 학교도서관에서 발행하는 도서 대출카드에 빽빽하게 읽은 책의 목록을 채워 가는 재미에 빠져 살았다. 그러나 고등학교를 졸업하고 잠시 작은 회사에 들어가 경리 일을 하다가 회사를 그만두고 대학에 진학하겠다는 말을 꺼냈을 때 아버지는 반대하지 않으셨고 대학에 합격했을 때 두말없이 등록금을 마련해 주셨다.

아버지의
눈물

대전에 이사 온 후 대여섯 번의 이사를 다니던 고등학교 2학년 때 같이 사시던 외할머니가 돌아가셨다. 아버지는 얼마 후 시골에 남아 있던 산과 집을 팔아 조그만 마당이 있는 집을 장만하시고 할머니와 할아버지를 모셔 오셨다. 좁은 골목길을 꺾어 들어가면 맨 마지막 막다른 집, 세월에 칠이 벗겨진 파란 철 대문을 열고 들어서면 마당에 커다란 감나무와 앵두나무 향나무 등이 심어져 있어 작지만 제법 정원 분위기가 있는 낡은 일본식 집이었다. 그 집에 이사하던 첫 날 구십이 넘으셨던 할아버지는 오래 앓던 병자가 있어 싼 값에 내놓았던 집이라고 당신이 미리 들어가 홀로 하룻밤을 주무신 후 가족들을 들어오게 하셨다. 할아버지는 그 집에서 육 개월을 못사시고 돌아가셨다.

그때 중학교 3학년이던 막내가 어느 날 서울로 간다는 쪽지를 남기고 친구들과 가출한 사건이 벌어졌다. 어릴 때부터 품에 안고 잘 정도로 아버지의 각별한 사랑을 받던 막내였다. 별 말썽없이 크던 다섯 남매의 막내가 불량 청소년이나 하는 줄로 알았던 가출을 감행한 사건은 그 자체로도 온 가족을 놀라고 당황하게 했지만 호랑이같은 아버지에 대한 반항이기도 해서 나는 동생의 안위보다도 아버지의 노여움에 대한 두려움이 더 컸었다. 그런데 그 사건에 대한 아버지의 반응은 너무나 뜻밖이어서 나에게는 꽤나 충격적으로 느껴졌다. 서울로 갔다는 막내딸을 찾으러 나서던 아버지가 마루 끝에 앉아 갑자기 울음을 토해 내신 것이다. 그것도 가족들이 다 보는 앞에서 뜨거운 눈물을 쏟으며 우는 아버지의 모습은 낯설고 당황스러웠다. 다행히 막내는 다음 날 자진해서 집으로 돌아왔지만 그 때 아버지가 보인 눈물은 오래 나에게 잊혀지지 않았다. 그리고 나중에 알게 되었지만 아버지가 사실은 눈물이 많은 사람이라는 것이다. 그러나 그땐 몰랐다. 아버지가 어떤 사람인지, 아버지의 눈물의 의미가 뭔지 이해할 수 없었다. 여덟 식구의 가장으로 고군분투하시는 동안 아버지는 얼마나 많은 눈물을 몰래 삼키신 것일까.

돌에 피는 꽃

수석과
돌멩이

　아버지가 평생 모은 돌들을 합하면 한 트럭 분은 족히 될 것이
다. 지금은 서너 점밖에 남아있지 않지만 아버지의 유일한 취미는
수석을 모으는 일이었다. 대전에 정착한 얼마 후부터 아버지는 탐
석을 위해 주말이면 배낭을 메고 집을 나가셨다. 밤 늦게 집에 돌
아오실 때면 돌이 가득 든 배낭에 눌려 어깨가 빨갛게 부어 있곤
했다. 여덟 식구가 복작거리던 방 두 칸짜리 전셋집에서 아버지는
밤이면 나무를 깎아 수석의 받침대를 손수 만드셨다. 지금도 여름
밤 선풍기를 틀어 놓고 끌로 나무를 파고 다듬던 젊은 아버지의 모
습과 좁은 방안에 가득하던 나무 냄새가 생생하다. 별 특징이 없어
보이던 돌들이 나무 좌대나 모래가 깔린 수반 위에 자리를 잡으면
한 폭의 산수화가 되기도 하고 기암괴석으로 변하기도 했다. 처음
거실이 있는 집으로 이사했을 때 아버지는 좁은 거실에 유리장을
짜서 그 동안 모으신 돌을 진열해 놓으셨다. 진열장에 들어오지 못
한 많은 돌들이 좁은 마당에 쌓여 있었고, 신문지에 싸여 벽장에
차곡차곡 들어가 있던 돌들도 많았다. 어느 날 아버지는 분무기로
물을 뿌리면 선명한 꽃잎 모양이 나타나는 돌을 보여 주셨다. 무표
정한 돌멩이도 생명이 있는 생물처럼 물을 뿌려 주면 생기를 띠는

모습을 보고 신기하기도 했지만 나를 비롯한 가족들은 아버지의 돌멩이에 별 관심이 없었다. 그리고 온 집안에 가득하던 돌들이 늘 불편하고 무겁게 느껴졌었다. 아버지의 존재가 그러했듯.

이제 그 많던 돌들은 아버지의 젊은 날과 함께 어딘가로 사라지고 없다. 퇴직 후 경제적 능력과 건강이 사라지면서 아버지는 돌들을 하나둘 처분하기 시작하셨다. 엄마가 앞장서서 늘 못마땅해 하시던 돌의 처분을 밀어붙이셨다. 더러는 원하지도 않는 자식과 사위들에게 나눠 주시기도 하셨고 놀랍게도 돈을 받고 팔기도 하셨다.

"어디 내다버려도 모르는 사람은 주워 가지도 않을 돌멩이가 뭐가 아까워, 니 아부지 돌아가시면 누가 내다버리기도 힘든데 단돈 천원을 준대도 돈 주고 가져 간다는데 얼른 줘야지."

아버지가 서운해하시지나 않을까 염려의 말을 했을 때 엄마가 하신 말씀이다. 아버지의 돌들은 그렇게 평생 모으고 가꾼 공에 비하면 터무니없는 헐값에 팔려 집을 떠났다. 이제 아버지의 거실과 서재에는 그분의 평생이 돌과 함께였다는 것을 알려 주는 각종 수석회 배지와 감사패들만이 훈장처럼 주렁주렁 걸려 있다.

힘있고 활기차던 걸음걸이가 노환으로 많이 흐트러진 아버지는 이제 더 이상 남은 돌에도 물을 뿌리지 않으신다. 그리고 떠나간 돌들 때문에 눈물을 흘리지도 않으셨다. 아버지의 삶에서 돌들이 가진 의미가 무엇인지 나는 모른다. 그러나 물을 뿌려야 드러나던 아버지 돌의 꽃 문양처럼 이제야 비로소 보이는 것들이 있다. 생의 끝자락에 선 그분의 삶과 아버지가 사랑했던 것들이 무엇인지, 자신에게 주어진 삶에 그분이 얼마나 힘을 다해 살아왔는지, 얼마나 책임감 있게 가족을 돌보셨는지. 그러니 이제 알겠다. 어린 나를 짓누르던 그 무게가 그 분의 어설픈 사랑의 무게였다는 것을, 그리고 뜨거운 눈물을 쏟으며 키워 낸 자식들이 아버지의 꽃이라는 것을. 그리하여 언젠가 머지 않은 날, 길을 가다 아름다운 돌을 만나면 나는 많이 울 것 같다.

김도석

아버지의
통장

"대문을 나서는 네 앞에 노랗고 커다란 국화 송이가 피었더라. 선생님은 · 부군수 급이지."

눈물이 핑 돌았다. 아버지는 말씀은 안 하셨지만 얼마나 맘을 졸이셨으면 그런 꿈을 꾸었을까. 아버지와 화해하는 첫 번째 계기였다.

그 후 아버지가 갑자기 공주사대로 찾아 오셨다. 한복을 입고 오셨는데 허리가 구부러진 몸이 영락없는 촌로의 모습이었다. 친구들 특히 같은 과 여자 친구들이 볼까 봐 얼른 모시고 하숙집으로 갔다. 먼 길을 오시느라 피곤하셨는지 저녁 식사 후 주무시고 가신다고 하셨다.

아버지와 단둘이 같은 방에서 자 본 적이 없는 난 그 제안이 너무 부담스러웠다. 방을 함께 쓰는 친구에게 폐 끼친다는 핑계로 서울로 되돌아가시게 하였다. 버스를 태워 드렸다. 아버지의 초라한 모습이 사라지자 눈물이 쏟아져 내렸다. 금강 철교를 걸어 매산동 하숙집으로 오는 내내 인적 드문 강둑길을 걸으며 울었다. 왜 그랬을까? 글을 쓰는 지금도 내 눈에는 눈물이 그렁그렁하다.

김도석

1961년 통영에서 태어나 그곳에서 중학교 시절까지 보냈다. 중학교를 졸업한 후 이촌향도의 물결을 타고 수도권으로 진입했고, 공주사대를 졸업한 후에는 오랫동안 충남의 여러 학교에서 지리교사로 일했다. 머리부터 발끝까지 촌놈으로 고형화된 체질탓으로 홍길동이가 활동했다는 무성산 자락에 움막을 짓고 연못 속 붕어랑 텃밭의 제철 채소랑 사귀며 살고 있다. 시집으로 『여정』(2018, 오늘의문학사)이 있다.

돈 없어 대학 못 보낸다던 막내아들

선생님 되는 학교 합격하자

평생 막걸리 한 사발에 인심 잃던 그 아버지가

보란 듯이 경로당에 막걸리 한 말 내셨단다.

토호집안의 아들로 훈장 한다며 평생 한량이시던 할아버지

대 잇는다고 환갑 가까운 나이에 열일곱 살 새색시 네 번째 할머니

로 맞아

씨 세 톨 떨군 뒤 세상 떠나고

청상과부 할머니 그 원망 자식들에게 전해져
아버지 살아생전 '글줄 깨나 읽은 놈들 평생 빌어먹는다'던 그 말씀이
할아버지에 대한 원망일 줄이야.

없는 살림 식구는 많아 내 한 입 줄이자고
남들은 끌려갔다던 징용을 자원해 가시고
'버는 자랑하지 말고 쓰는 자랑하라'고
자식들 귀에 못 박으셨던 말씀은
일곱 살부터 머슴살이 설움의 한 맺힌 절규인 줄을…

부부싸움 할 때마다 마누라 편에 서서
꼬박꼬박 말대꾸하던 막내아들 무에 그리 보고 싶어
편찮으신 몸 이끌고 공주까지 오셔서
하숙집 아들 방에 함께 자고 싶다던 아버지를
남에게 폐 끼친다는 핑계로 돌려세운 막내아들
집으로 가시는 길 얼마나 허탈했을까

식물 상태 사나흘을 막내아들 냄새 맡고서야 눈 감으셨네

세월은 흘러

김수로왕의 71대손이자 김 수守자 곤坤자 어른의 막내아들, 김 종鐘자 호浩자를 존함으로 가지신 그 분이 나의 아버지시다. 가장의 책임을 다하느라 허리가 꼬부라지도록 고생했지만 평생 호강이나 자식들의 효도 한번 제대로 못 받은 비운의 사내 이야기를 그려 보고자 한다.

뿌리

선친께서는 우리 집안은 왕가王家이고 우리는 왕손이라는 것을 늘 자랑하셨다. 당신의 행색이 초라하게 느껴질수록 더욱 강조하셨던 것 같다. 당시 사람들이 대부분 집안 얘기를 부풀려서 자식들에게 들려 주곤 했지만 아버지께서는 유난히 그러하셨다.

내가 궁금해 하지도 않는, "증조부 때는 천석꾼 집안이었다."란 말씀을 자주 하셨는데, 조부께서 혼인을 네 번 하는 바람에 집안이 거덜 났다는 말씀도 빼놓지 않으셨다. 나중에 안 사실이지만 아버지 당신이 어렵게 사신 것이 할아버지가 네 차례 결혼한 것에서 원인을 찾고 싶었던 것 같다.

나 역시 우리가 양반 집안인 줄 알았다. 우리 동네는 김해 김가의 집성촌이었기 때문에 타성받이는 몇 집 안 되었으며 모든 동네 행사는 김씨 집안 행사처럼 운영되었다. 우리 집안이 양반 가문이 아니었다는 사실을 안 것은 대학 이후의 일이었던 것 같다. 대학물을 먹으면서 양반은 고려시대부터 생겨난 개념으로 벼슬과 관련이 있었다는 것과 우리 집안은 중인계급이라는 사실을 알게 되었다.

우리 집안의 가장 가까운 조상 중 벼슬을 한 분은 김일손이다. 훈구파와 사림파로 나뉘어 권력 다툼할 당시 춘추관의 사관으로 재직하다 김종직의 조의제문을 사초로 실었다는 이유로 삼족을 멸하는 화를 당할 뻔했던 그 '역적 집안'이다. 무오사화의 중심에 있었던 집안이 어떻게 씨가 유지되어 오늘날까지 이어질 수 있었을까.

집안 어른들에게 귀동냥했던 것을 옮기면 대충 이렇다. 무오사화로 김종직은 부관참시를 당하고 할아버지 김일손 역시 목숨을 잃는 화를 당하였다. 그러자 김일손 아들 둘은 집안 식솔들과 함께 서해안 쪽으로 야반도주하여 해안을 따라 배를 타고 남쪽으로 내려왔고 최종으로 정착한 곳이 거제도였다고 한다. 물론 공식적으론 이 두 아들도 처형을 면치 못했다고 한다.

그 후 무오사화의 피비린내 나는 살육이 진정되고 중종반정으로 다시 사림파의 조광조 등이 정권을 잡게 되자 복권이 되었단다.

그러나 권력다툼에 진저리 처지는 회의를 느낀 나머지 첫째 아들은 거제도에 그냥 머물렀고 둘째 아들은 식솔들과 한양으로 올라가던 중 고성반도 중간에 위치한 나의 고향 경상남도 통영시 도산면 법송리에 짐을 풀었다.

남들은 끌려간다던
징용을

　할아버지는 부인을 네 번 얻었다. 첫 번째 고성이씨 할머니와의 사이에서 큰아버지가 태어났는데 집안 땅문서가 없어진 사건으로 큰아버지가 범인으로 지목되었다. 할아버지께서 거짓말을 한다는 이유로 빈방에다 큰아버지를 가두고 이실직고할 때까지 문을 열지 말라는 엄명을 내리셨단다. 그러자 큰아버지께서는 죽음으로써 결백을 주장하였단다. 그 후 집안에 흉사가 생길 때마다 큰아버지의 억울한 원혼은 가해자로 지목되었고 집안 어른들은 큰아버지의 억울함을 풀어 드려야 한다고 무당에게 질책을 당하곤 하였다.

　두 번째 할머니는 전주최씨 할머니이다. 후사가 없어 소박을 당했는데 집안에서 제사는 지내고 있다. 세 번째 할머니는 함양여씨 할머니인데 정식 결혼은 아니었던 것 같고 실질적 부부관계로 경

아버지의 통장

북 문경시 동로면 간송리에 묘지가 있었다. 2000년대 초반까지 벌초를 다녔고 지금은 파묘하여 소산燒散시켜 드렸다.

네 번째 할머니가 집안 대를 이으신 할머니이시다. 지금은 통영시 도산면 법송리 수크렁골에 누워 계신데 4촌 형님께서 파묘소산破墓燒散하고자 하는 그 할머니시다. 집안의 애경사를 한번 치루면 기둥 뿌리 하나씩 뽑힌다는 그 시절, 할아버지는 가문의 대를 이어야한다는 명분으로 공주할머니를 넷째 부인으로 맞이하셨는데 일종의 씨받이 개념으로 오신 것이다.

조선시대 세도가勢道家에 광산김씨가 당연히 속한다. 그런 집안에서 중인계층의 집안 노령의 할아버지에게 시집 온 것을 보면 집안 살림이 빈한하여 할머니 한 몸을 희생하신 것 같다. 할아버지가 1859년 기미생이고 할머니가 1899년 기해생이니 무려 40살이나 차이가 난다. 손녀 뻘의 나이 차이다. 당시 결혼에서 당사자의 의사는 그리 중요하지 않았다. 두 분은 1916년에 결혼을 하셨고 이듬해 큰아버지께서 태어나셨으며 아버지는 2년 뒤에 태어나셨다. 그래서 아버지와 할아버지의 나이 차는 무려 60년이다. 즉 1859년 기미생 할아버지 환갑 나이에 1919 기미생 아버지가 태어나시고 1921년에 고모님이 막내로 태어나셨으며 그 후로 5~6년 더 사시다가 돌아가셨다고 한다.

아버지는 증조부까지 이어져 온 가문의 부富가 조부 때 네 번의 혼인으로 휘발되었다고 주장하셨다. 그래서 7살 때부터 머슴살이를 시작했다는 것이다. 집안일과 자식 돌보는 일은 할머니가 도맡아 했는데 할아버지는 집에 계셔도 집안일은 돌보지 않았다고 한다. 소나기에 멍석이 떠내려가도 손에서 책을 떼지 않는 무능한 선비의 표본이라고 했다.

할아버지께서 돌아가실 때 연세가 예순여덟 살이었으니 할머니는 28살에 청상과부가 된 셈이다. 원망의 대상이었지만 그래도 남편이 있을 때와 없을 때는 세상살이가 같지 않았을 것이 분명하다. 그래서일까 할머니는 자식들에게 그다지 깊은 정도 없으셨고 엄하기만 하셨다고 큰아버지께서 말씀하신 적이 있다. 그리고 당신의 기구한 팔자를 남편인 할아버지에게서 찾았으며 그것이 아버지에게 자연스럽게 흘러와 선친 살아생전 우리 형제들에게 할아버지를 좋게 추억하는 것을 들은 적이 없다.

열아홉 살 되던 해, 남들은 끌려갔다던 징용을 아버지는 자원해 가셨다. 홋가이도 부근의 비행장 공사장으로 가신 모양이다. 가끔 말씀 중에 눈 쌓인 산악지역의 얘기도 하시고 곡괭이질하던 중 곰에게 쫓긴 얘기도 해 주셨다. 아버지는 돈을 모으기 위해 당신의 소비생활을 극도로 절제하셨다. 노임은 일본 사람의 1/3 정도였는데 생긴 동전을 쓰지 않기 위해 대나무 통을 구해 차곡차곡 모으다 보면 나중에 아래쪽 동전에 녹이 슨다는 말씀도 자주 해 주셨다.

이때 아버지의 경제개념이 자리를 잡은 것으로 추정되는데 "돈은 버는 자랑하지 말고 쓰는 자랑을 하라."고 자식들 귀에 못 박으셨다. 돈은 조금 벌더라도 안 쓰는 것이 남는 거라는 말씀이시다.

세 집뿐인 염씨 집안에
온 동네가 겁먹다

우리 동네의 명칭은 '지법'이다. 주소는 '경상남도 통영군 도산면 법송리'였는데 어른들은 '지법'으로 불렀다. 김해 김가들의 집성촌인데 염 씨가 세 집이 있었다. 그런데 이상했다. 50여 호가 넘는 김해 김가의 집성촌에서 늘 이 염씨 형제들에게 주눅이 들어 있는 것이다. 법과 관련된 일이 발생하면 우선 염 씨네 가서 부탁도 하곤 했다. 주로 도산면 지서에 절도나 밀주 혹은 땔감용으로 소나무를 베어오다 걸린 것들을 충무시에 있는 본서로 넘어가기 전에 빼 달라는 것이 부탁의 대부분이었다.

가뭄이 들어 고추 가격이 굉장히 비쌌던 해로 기억이 된다. 동네 사람들이 공회당에 다 모여 들었다. 외갓집이 같은 동네였는데 나보다 7살이 위인 외사촌 형이 발가벗겨져 무릎 꿇린 채 고개 숙이고 있었고 그 앞에 염 씨 삼형제 중 막내가 의자에 앉은 채 호령하고 있었다. 스무 살에 가까운 나의 외사촌 형이 발가벗겨져 고개 숙이고 꿇어 앉아 있었다는 것은 염 씨 집안에 좋지 않았던 감정이 구체화 된 계기가 되었다.

우리 동네와 수월리, 잠포, 송개 마을을 골짜기마다 품고 있는 탄방산 북쪽 사면에 우리 산이 있었는데 땔감을 해서 우리 집으로 이동하는 중간에 도산지서가 있었다. 아버지는 소나무 가지를 잘라 리어카에 싣고 집으로 오곤 했는데 대낮에 오면 도산지서 순경들에게 걸릴까 봐 해가 지고 난 뒤에 오셨었다.

그 날도 해가 진 다음 어둠을 틈 타 오시는 길에 딱 걸리고 말았다. 도산지서에 아버지가 잡혀 계시다는 얘기를 듣고 온 식구가 달려갔다. 어머니만 안으로 들어가시고 형과 나는 바깥에서 불 켜진 안쪽으로 바라보는데 아버지는 고개 숙인 채 손을 앞으로 모으며 연신 잘못을 빌고 계셨다. 한참을 그러고 있는데 지서 문이 열리고 아버지와 어머니가 어두운 표정으로 나오셨다. 아버지는 그 길로 염 씨 아저씨네로 가셨고 다음 날 아무 일도 없던 것으로 되었다. 물론 아버지의 땔감나무는 도산지서 군불용으로 소비되었을 것이다.

한국전쟁 와중에 인민군이 낙동강 전선을 에워싸고 한미 연합군을 낙동강 동쪽의 경상도 지역에다 몰아넣었다. 당연히 우리 고향은 인민군 수중으로 떨어졌다. 그 당시 인민군들의 참호를 구축하는데 동네 사람들이 동원되었다. 이게 화근이었다. 수복이 되고 부역자 색출이 시작되었는데 동네 사람들 대부분이 도산지서에 불려가 취조를 받았다고 한다. 아버지도 당연히 그 속에 걸려들었다. 그때 염 씨 3형제 중 한분이 도산지서에 근무하는 경찰이었다. 이 이야기를 큰형에게 듣고 난 후 비로소 동네 분위기가 이해되었다.

글줄깨나 읽은 놈들은
빌어먹는다

아버지는 봄부터 가을까지 쉴 새 없이 일을 하셨다. 어둠이 물러나기 전에 우리 집 일을 하셨고 아침 식사를 하시고는 남의 집 일을 하러 나가셨다. 그 결과 우리 형제들은 극도의 가난에서 벗어날 수 있었고 아버지께서는 당신이 살아오신 방법이 옳다는 신념을 더욱 두텁게 가지셨다.

아버지는 4남 1녀를 두었다. 아버지와 어머니 그리고 누나와 어린 나는 형들이 서울로 돈 벌러 가고 난 뒤 집안 농사를 하였는데 형들이 서울로 간 것은 아버지 경제 철학과 상통한다. 아버지는 늘 '돈 번 자랑하지 말고 쓴 자랑해야 한다.'고 하셨고 그 말은 조금 벌어도 안 쓰고 절약하면 살아갈 수 있다는 아버지의 경제철학이었다.

막내인 내가 아버지에겐 무척 귀여웠을 것이다. 그런데 난 아버지가 싫었다. 그냥 싫었다. 나중에 철이 들어서 생각해 보니 어머니와 아버지의 잦은 다툼 때문이었던 것 같다. 아버지와 어머니는 10살이나 차이가 나니 이것도 집안 내력인가 보다. 내 머릿속에 어머니는 늘 약자로, 아버지는 어머니에게 군림하는 포악한 군주로 각인되어 있었다.

어린 나에게 부부싸움의 이유는 중요하지 않았다. 아버지가 어머니를 억누른다는 사실이 아버지에게 말대꾸하게 된 이유이었다. 그런 아버지께서는 내게 '글줄 깨나 읽은 놈들은…'이라고 자주 말씀하셨는데 그 증거로 할아버지와 우리 동네 대학 1호생인 '김대영' 씨를 꼽았다.

증조부께서 조부 형제들에게 과거시험 준비를 시키느라 통영에 있던 집안 재산을 일부 정리하여 문경 새재 아래 동네에 터를 잡았다. 주소는 '경상북도 문경군 동로면 간송리'였는데 묘지들은 간송리에도 있고 조금 위쪽 동네 생달리에도 있었으며 2010년까지 증조부와 조부, 동생 둘 그리고 할머니들이 누워 계신 그곳으로 성묘를 가곤 했다. 증조부가 문경으로 '맹모삼천지교' 한 이유는 '통영 땅에서는 아이들이 물고기 배 따는 것 외에는 배울게 없다.'라고 판단하셨기 때문이라고 한다.

당시 가장 큰 길로 영남대로를 꼽는데 문경은 영남대로의 경상도 쪽 지역이고 문경새재를 넘으면 서울과 가까운 지리적 장점이

있다. 또 사림파들의 본 고장인 것도 고려 대상이었을 것으로 추정
된다. 할아버지들께서는 과거시험 도전도 못해 보고 일부는 문경
에, 필자의 친할아버지는 다시 통영 땅으로 돌아오셨다. 과거시험
을 못 본 이유는 대원군의 과거시험 폐지와 시기가 일치한다. 통영
땅으로 오신 할아버지는 '훈장노릇' 한다며 평생을 한량으로 지내
셨다. 그 결과 가족들은 심한 궁핍에 시달렸다.

　또 다른 예로 미리 얘기한 나와 항렬이 같은 대영이형이 있었다.
인물도 훤칠하고 말발도 세었으며 완력 또한 동네에서 알아줬었
다. 대영이형에게는 일본에 징용 갔던 형들이 해방 후에도 오사카
에 거주하고 있었는데 이들이 막내 동생 공부시킨다며 당시에 꽤
큰 금액의 돈을 보내 주었다. 대영이형은 그 돈으로 한양대에 다닌
다고 했다. 소문이 그랬다.

　당시에는 집집마다 흑백사진을 액자에 넣어 안방 문 위에 거는
것이 유행이었다. 대영이형이 대학 다닌다는 사실에 대해 의심하
는 사람은 드물었는데 그 아주머니께서는 액자 속 사진을 그 증거
로 자주 강조하셨다. 사각모와 망토를 둘러쓰고 장충단 공원의 분
수대를 배경으로 대영이형이 웃고 있는 사진이다. 어린 나는 사진
관에 가면 사각모와 망토가 구비되어 있다는 사실을 몰랐다.

　대영이형은 동네 사람들에게 좋은 인상은 남기지 못했다. 동네
사람 중 서울 사는 사람들을 찾아다니며 돈을 빌리고는 갚지 않는

다는 소문이 나돌았으며 명절 때 동네에서 열리는 콩쿠르 대회 때마다 그 집안 형제들은 난투극을 벌여 눈살을 찌푸리게 했다. 그런 그가 아버지에게 좋게 보였을 리 없으며 아버지는 자신의 주장에 증거라도 되는 양 '글줄 깨나 읽은 놈들치고…'를 주장하시곤 하셨다.

그래서 대학 진학하려는 나와, 아버지 사이에 충돌이 생길 수밖에 없었고 그럴 때마다 아버지의 그 "글줄깨나…"라는 문장을 반복하셨다.

이촌향도의
물결을 타고

아버지는 50대 초반부터 허리가 굽었고 연골이 닳아 걸음도 느렸을 뿐 아니라 멀리 걷지도 못하였다. 눈만 뜨면 남의 일과 내 일을 가리지 않은 결과 당신의 일신은 만신창이가 되었다. 그런데도 병원 한 번 가지 않으시고 '어디에 어떤 약초가 좋다.'더라는 민간요법에 기대어 몸을 다스리셨다.

그런 아버지가 쩨쩨한 구두쇠로 인식되었다. 심지어 나의 아버지인데도 '조조'라는 별명으로 아버지를 폄하하는 동네 사람들의 평에 동조하였다. 아버지는 애경사 때 외에 동네 사람들과 술도 나누지 않으셨다. 친척들이 찾아오는 것도 달가와 하지 않으셨으며 술도 혼자 드셨는데 밥상 앞에서 반주로, 혹은 들에서 일하시다가 나한테 술심부름을 시키셨다. 막걸리 주전자를 찬물이 흐르는 도랑 그늘에다 두시고 일하다 갈증 날 때마다 한 사발 쭈욱 들이키고 또 계속 일만 하셨다.

농사밖에 모르던 아버지가 서울로 이사를 결정하셨다. 중학생인 나에게는 얘기도 안 해 주실 뿐더러 이사 결정과정을 전혀 몰랐었다. 큰형님은 스무 살 무렵에 돈을 벌겠다고 상경하였는데 동네 사람들이 다 부러워했다. 무작정 상경은 아니고 둘째 형이 중학교 진학을 놓고 아버지와 갈등하다 열여섯 살 때부터 도산지서 급사로 다녔는데 그때 '장순경'이라는 분이 서울로 전근 가면서 둘째 형을 서울로 불렀다. 계급은 경위였는데 우리는 모든 경찰을 순사 내지는 순경으로 불렀다.

당시 둘째 형은 다리를 다쳐 큰형이 대신 서울로 갔다. 서울로 돈 벌러 간다는 소문이 동네에 퍼졌고 난 벌써 부자 집이 된 우리 집을 상상하고 있었다. 그 후로 둘째 형도 상경하고 공부를 썩 잘하던 오팔개띠 형도 아버지와 고등학교 진학문제로 갈등하다 명절 때 내려온 두 형을 따라 상경을 하였다. 형들 셋의 상경 이후 어린 난 우리 집이 박 터진 흥부네 마냥 동네에서 가장 부잣집으로

기정사실화하였다.

그러나 곧바로 부잣집 상상이 허물어지기 시작했다. 그 단초는
명절 때 형님들이 차표 끊을 돈이 없어 귀향을 못한다는 소식을 전
해들은 뒤부터이다. 당시에는 통영에서 서울로 가는 길이 얼마나
먼 지 하루 종일 차를 타고 가야 간신히 도달할 거리였다. 통영에
서 고성으로 고성에서 부산으로 부산에서 서울로 차를 갈아타고
가니 10시간은 족히 걸렸을 것이다.

그 후 이사가 결정되고 중학교 3학년 겨울방학 때 아버지를 따
라 처음으로 상경을 하였는데 구마 고속국도가 뚫려 빨라졌다는
아버지 말씀에 안심했던 기억이 있다. 그러나 현실은 정반대였다.
새벽에 출발하여 마산 고속터미널에 도착했는데 서울 가는 고속
버스가 하루에 몇 대 되지 않으니 3시간 이상을 터미널에서 기다
려야 했다. 그리곤 강남 터미널로 가는데 전에는 그렇게 차를 오래
타 본 적이 없다.

내가 이사에 긍정적이었던 이유는 고향을 떠나 서울로 이사를
가면 가끔 고향에 오게 될 것이고 그때는 허여멀건한 얼굴로 새까
만 얼굴의 고향 친구들에게 뻐기면 삼삼할 것 같아서였다. 그 상상
이 얼른 이사가야 한다는 당위성을 만들어내고 있었다.

나중에 안 사실이지만 형님들은 공장 노동자로 그 임금은 서울
생활에서 겨우 입에 풀칠할 정도였던 것이다. 스무다섯 살 먹은 큰

형을 장가 들였는데 아버지는 살림할 방도 못 구해 주었다. 그래서 큰형수님이 시골 우리 집에서 시집살이를 하고 있었다. 신혼부부를 같이 살게 해 줘야 한다는 아버지의 결단으로 시골 논과 밭을 모두 처분하여 지금의 광명시 소하동 그린벨트 지역에 낡은 집 한 채 장만하였다.

막내아들의 냄새를 맡아야

대학엘 보낼 수 없다는 아버지와 고등학교 시절 내내 갈등에 빠졌다. 공부를 포기할까도 수없이 생각했었다. 진해고등학교에 한 달 반 정도 다니다 전학을 하였는데 집 주소가 경기도로 되어 있어 서울로는 전학이 안 되고 인근 안양시에 있는 양명고등학교로 갔다. 그 학교는 〈말죽거리잔혹사〉 영화의 배경이 아닌가 의문을 갖게 할 수준의 학교였다.

등교하는 순간부터 어느 학교 애들이랑 패싸움을 벌였다는 소위 십칠 대 일의 영웅담이 쏟아져 나왔다. 아니면 인근의 공순이를 어떻게 했다는 수컷으로서의 자기 과시, 이런 류의 얘기들이 주류였고 조용히 앉아 공부하는 학생을 찾기는 매우 어려웠다.

내가 대학을 졸업한 사실이 지금도 믿기지 않는다. 아버지에 대한 반감이었을까, 아니면 운명이었나. '아버지처럼 쩨쩨하게 살지 말자. 난 아버지와 다르게 살아야 한다. 그러기 위해서는 대학을 졸업해야 한다.'고 생각했다. 그러나 대학에 대한 정보도 별로 갖질 못했다. 3군 사관학교에 가면 돈이 전혀 들지 않는다는 사실도 몰랐고 무슨 대학이 어디에 있는지도 몰랐다. 대학 진학은 당장 내 앞에 던져진 문제가 아니고 취직하여 돈을 번 다음의 일이었다.

나는 본고사가 폐지되고 예비고사만으로 진학한 소위 81학번이다. 예비고사 성적이 발표되고 4년제 대학을 갈 수 있는 학생이 전교에서 열댓 명 정도 되었다. 담임 선생님께서 대학 입학원서를 쓰자고 하셨다. 어느 대학을 가야 할지 감이 잡히지 않았다. 그때 반 친구 '김영승'이가 눈이 번쩍 뜨이는 정보를 주었다. 자기 사촌형은 전라북도 김제에서 수재 소리를 들었는데 가난하여 공주사범 대학을 갔다는 것이었다. 지금 만나면 고맙다는 말이라도 전하고 싶지만 졸업 후로 만난 적이 없다.

공주사범대학 합격자 발표 날이었다. 아침 일찍부터 공주행을 서둘렀다. 그렇게 대학 진학을 반대하던 아버지가 당신의 지난 밤 꿈 얘기를 해 주며 합격을 예고하셨다.

"대문을 나서는 네 앞에 노랗고 커다란 국화 송이가 피었더라. 선생님은 '부군수'급이지."

눈물이 핑 돌았다. 아버지는 말씀은 안 하셨지만 얼마나 맘을 졸이셨으면 그런 꿈을 꾸었을까. 아버지와 화해하는 첫 번째 계기였다.

그 후 아버지가 갑자기 공주사대로 찾아오셨다. 한복을 입고 오셨는데 허리가 구부러진 몸이 영락없는 촌로의 모습이었다. 친구들 특히 같은 과 여자 친구들이 볼까 봐 얼른 모시고 하숙집으로 갔다. 먼 길을 오시느라 피곤하셨는지 저녁 식사 후 주무시고 가신다고 하셨다. 아버지와 단둘이 같은 방에서 자 본 적이 없는 난 그 제안이 너무 부담스러웠다. 방을 함께 쓰는 친구에게 폐 끼친다는 핑계로 서울로 되돌아가시게 하였다. 버스를 태워 드렸다. 아버지의 초라한 모습이 사라지자 눈물이 쏟아져 내렸다. 금강 철교를 걸어 매산동 하숙집으로 오는 내내 인적 드문 강둑길을 걸으며 울었다. 왜 그랬을까? 글을 쓰는 지금도 내 눈에는 눈물이 그렁그렁하다.

아버지는 일제 강점기에 태어나 태평양 전쟁을 겪고 해방을 맞이한 세대이다. 곧 바로 한국 전쟁이 발발하고 이승만 박정희로 이어지는 독재정권 시절 입 닫고 땅만 파면 된다며 두더지처럼 살아온 비운의 사내가 내 아버지이다. 그리고 정말 한눈 안 팔고 가족만을 위해 열심히 사셨다. 그런데 왜 난 그토록 아버지가 싫었을까.

아버지가 가지신 기술이라고는 농작물을 재배하는 기술 뿐이셨다. 땅은 그린벨트 지역의 허름한 집 한 채가 전부이지만 다행히

139

아버지의 통장

안양천이 근처에 있었다. 홍수 때가 아니면 물이 침범하지 않는 안양천의 둔치에다 열무며 오이, 상추, 쑥갓, 호박 등등을 재배하여 안양천 건너 시흥 시장으로 어린 장조카 동무삼아 어깨에 메고 가서 파셨다고 한다. 연골이 닳아 몇 발짝 떼다 쉬고를 반복하며 푼돈을 목돈으로 만드신 것이다.

대학 3학년이던 해 아버지는 뇌졸중으로 쓰러지셨다. 뇌졸중으로 쓰러지고도 막내아들 올 때까지 식물 상태로 사나흘을 버티셨단다. 번갈아 가며 아버지를 지킨 형들을 좀 쉬라 하고 혼자 아버지를 지켰다. 새벽 4시 무렵 아버지는 마지막 숨을 거두었다. 아버지와 단둘이었다.

장례를 치룬 후 아버지의 유품을 정리하는 과정에서 통장이 나왔다. 당시에 국립 사범대학의 한 학기 납부금이 이십만 원 남짓 되었는데 무려 칠십만 원이 내 이름으로 저축되어 있었다. 교사도 무슨 벼슬이라고 늘 자랑이셨는데 국립사범대학에 다니는 아들이 돈 없어 중퇴라도 할까 봐 마련해 두었던 것이다. 어쩌면 난 당신의 기구한 삶을 보상하는 증표였는지도 모른다.

살아생전 아버지 손 한 번 만져 본 적이 없다. 소나무 껍질 같았던 그 손을.

강병철

내 아들은
아무 잘못이 없습니다

"보셨다니 아시겠지만 내 아들은 그냥 소설 한 편 쓴 것입니다. 아무 잘못이 없습니다."

코다리처럼 세모진 턱의 형사 하나가,

"이제 소용없는 소리니까 화끈하게 동행합시다."

그대로 영장 없이 화끈하게 연행했다. 그때부터 지난날이 과거이고 지금 상황이 현재이고 다가올 시점이 미래임을 새롭게 인지하는 순간이었다. 그리고 이제 와서 회한스럽게 떠올린다. 벽두 새벽에 연행된 아들을 보내고 아파트에 남으신 아비의 심정은 과연 어떤 것이었을까.

강병철

소설집 『초뻬이는 죽었다』 등 3권, 성장소설 『토메이토와 포테이토』 등 3권, 시집 『사랑해요 바보 몽땅』, 『호모 중딩사피엔스』 등 5권, 산문집 『작가의 객석』 등 5권을 발간했고, 교육산문집 『괜찮다, 괜찮다, 괜찮다』 등 3권을 따로 엮었다. 그 와중에 청소년 잡지 『미루』의 발행인으로 10년 간 역임한 캐리어를 지고 현재 충남작가회의 회장으로 일하고 있다. 지난한 역정으로 수십 성상 교단의 삶을 마쳤으니 이제 초로의 길로 접어들은 게다. 다행이랄까, 정년퇴임 식장에서 벗들이 보여 준 석별의 회한을 진하게 되새김하는 중이다. 나머지 제 2의 인생에 '어떤 문장과 만날까'를 모색하며 비로소 40여 년 벗으로 삼은 음주 흡연과의 동행 여부도 심각하게 고려하고 있다. 30여 년 간 지붕으로 삼았던 국립대 도서관 출입하다가 작한 직원과의 싱갱이 여파로 이제 무대를 시립도서관으로 옮겨 폭풍집필을 모색하고 있다.

아버지는 일제 강점기 공주고보 출신이니.

그 시대 면 소재지에서 가장 굵은 가방끈을 걸친 셈이었다. 가난한 훈장이신 할아버지께서 일찍 돌아가셔서 빈털터리 집안이었는데 과자 공장을 차린 나의 백부께서 성세를 펴면서 학비를 도와주신 것 같다. 그 신산의 식민지 시대에 교복을 입었다는 자체만으로도 고향 벗들과 엄청나게 차별화된 짐을 진 것이다. 아버지의 학창 시절 흑백 사진을 보면 유도와 검도 그리고 테니스와 스케이트 풍경까지 박혀 있을 정도였다. 그 동기생 중에 김종필 국무총리도 있었는데, 그는 상위권 성적에 웅변과 영어를 잘했고 만돌린을 잘 쳤

내 아들은 아무 잘못이 없습니다

다고 취할 때마다 회고하셨다. 그가 내 생애 최초로 뇌에 입력된 정치인이었고… 그들 엘리트 학도 역시 지옥 같은 식민지 시국을 거치는 중이었으니.

　식민지 전투병 신체검사 장소는 서산 소학교였다. 전날 읍사무소 병사계 인솔 하에 부석면에서 버스를 타고 단체로 소도시 뒷골목 여관에 합숙했단다. 특히 징병 학도들은 넘치는 항일사상을 부글부글 끓이며.

　"총독부가 단추만 누르면 무조건 따라야 하는가?"

　그러면서 비밀스런 정보를 봇물처럼 터뜨렸다. 군수물자 싣고 가던 수송선이 격렬비열도 어디쯤에서 미군 잠수함의 공격으로 침몰되었다는 소식도 신선했다. 총독부에서 '좌초'라고 못을 박은 이유는 '경계의 중요성' 때문이다. '전투에 실패한 지휘관은 용서할 수 있어도 경계에 실패한 지휘관은 용서할 수 없다.'는 도스께끼 군기 기강 문제라며, 킬킬 대는 장정들, 딱 그 순간까지만 통쾌했었다.

　바로 옆 방 안전安田 보초가 쥐새끼처럼 엿들었으니.

　그는 창씨개명에 가장 먼저 앞장 선 일제의 앞잡이다. 그 악질 완장이 숙소 옆방에서 몰래 탐지하면서 밀고용 도표를 짜고 있는

줄은 꿈에도 몰랐다. 이튿날 신체검사를 마치고 귀가 준비를 하고 있는데, 게다짝 사내가 앞을 가로막으며 찝차를 가리킨다. 칼 찬 헌병 둘이 옆에 버티고 있으니 반항은 엄두도 낼 수 없었다.

시멘트 냄새 쏟아지는 취조실, 참나무 탁자와 철제 의자 두 개 그리고 빗자루와 박달나무 몽둥이만으로도 무시무시한데 옆방의 비명소리가 섬찟 옆구리 찌른다. 외투를 벗고 훈도시 차림으로,

"무슨 작당을 했느냐? 어젯밤 여관에서."

"한 말이 없오."

아닌 게 아니라 어젯밤 형님네 과자공장에 들러오는 길이어서 마지막 대목만 가물거릴 뿐 뚜렷하게 떠오르는 게 실제로 없었다.

"빠가야로."

정수리로 각목이 날아왔고 쓰러진 어깨 위로 구둣발이 짓이겨졌다. 처음에는 찢어지게 아프더니 나중에는 감각이 무디어질 만큼 작신 맞았다.

"이 새끼야. 조선이 독립될 것 같으냐? 대동아제국 건설을 훼방 놓는 놈들 모조리 갈기갈기 찢어 버리겠다."

그 모진 고문을 영원히 잊지 않기로 어금니 깨물었다. (나중 얘기지만 안전 보초는 해방 후에도 군청 관료로 다시 채용되었단다. 친일청산 실패의 실증적 사례다.)

학도병으로 끌려간 아버지는 블라디보스토크 전투에서 구사일생으로 살아남았다. '오다노리아끼[小田] 대중기관총대'로 배속되어 전투에 나가기 전날 꿈자리에 홀연 부친께서 나타나시어.

'빨리 피하라.'

그 눈빛 표정이 엄중하여 화들짝 깨어나서도 한참 동안 꿈과 생시의 구분이 가질 않는 것이다. 그리고 눈을 뜨자마자 창자가 끊어질 듯 배가 아픈 것이다. 데굴데굴 구르는 부하의 아랫배에 일본도를 빼어든 부대장 나까무라는.

"거짓말이면 죽인다."

부대장은 부하들이건 민간인이건 총과 칼을 닥치는 대로 휘두르는 야만의 권력 소유자이다. 그가 쫄병의 복부를 걷어차다가 땀을 뻘뻘 흘리는 모습을 보며.

"환자부대에 배속시켓!"

다음 날 루스키 섬 전투에 나간 군인들은 모두 섬멸당했다는 소식을 접하며 재빨리 판단했다. 이제 탈영이다. 학도병들은 남아 있는 환자부대들과 탈영을 감행하다가 함경북도 온성에서 해방을 맞이했단다.

내 아들은 아무 잘못이 없습니다

해방 후.

교편을 잡으면서 소박한 실용주의자로 변신했다.

교원 자격증을 획득한 아버지는 스무 살에 훈장이 되셨고 스물아홉에 교감으로 승진했고 마흔셋에 교장님이 되었다(교사 정년이 만 65세 시대였으므로). 수십 년 동안 교육 관료로만 임했으니 관운도 조금은 따른 것이다. 아버지 친구들 중 몇몇은 두세 해 임용이 늦었는데 대부분 평교사로 정년 퇴임을 했다. 그 당시는 교장 임기가 무제한 종신제였으므로 앞자리가 비워지지 않는 한 후속 타 승진의 길이 막혔던 것이다. 아버지는 가끔 풍금을 치거나 무용을 하는 스승들을 가리키며,

"저니도 내 동창생이다."

당신의 입지에 대해 쬐끔은 뿌듯한 표정을 지으셨다. 그때까지는 당신의 아들이 만년 평교사로 남을 줄은 예상하지 못했을 즈음이다.

6남매 모두 학사모를 쓸 수 있었던 것은 당신의 교육열과 어머니의 무자비한 희생 그리고 '빚의 힘', 이 삼위일체의 합종 세트였던 것 같다. 좌우지간 동네 아무개네 집에서 소를 팔거나 현금이 있다는 소리만 들리면 부부의 밤마실로 돈을 꾸었다. 공직자라는 보증수표 배경으로 이웃들이 출자를 서슴지 않았고 아버지는 그

돈을 아들, 딸들의 등록금으로 묶어 두었다. 나중 얘기지만.

"엄청 이익이 되었어."

빚의 이자보다 물가 상승률이 훨씬 높았다는 후일담이다. 그러니까 유년 시절, 시내버스비가 5원이었는데 2018년 현재 1400원이니 280배의 물가 상승률인데 빚의 이자는 50배 정도밖에 뛰지 못했다나, 그러나 아침마다 빚 독촉하는 이웃들의 마른 발바닥 소리가 유년의 짐으로 떠올랐던 기억들도 밝힌다.

아버지의 묵시적 가훈은 '학벌'이었던 것 같다. 하지만 자식들은 시골 우등생이었을 뿐 삐까번쩍 광채를 내지는 못했다. 바로 밑의 동생 강병준이 서울대에 입入했을 뿐 나머지 형제들은 성실 자세로 체면 유지 정도였다고 할까? 그러거나 말거나 아버지의 열공 다그침이 특히 나에게는 무거운 가위눌림이었다.

나 역시 초등 교실에서 1, 2등을 유지했으나,

그 1등 강박증 속에서 심약한 유년을 보내야 했다. 아버지는 고학년이 된 나를 위해 '표준 전과'와 '동아수련장'을 구입했는데 교실에서 그걸 펼치기가 민망했다. 내가 과외를 받던 그 시간에 벗들은 콩밭을 매거나 키에 맞는 지게 지고 나무하러 나갔다. 벗들이 선배들의 헌 책을 물려받아 공부하다가 졸업과 동시에 공장이나 일터로 나갈 때 나 혼자 서울 유학을 시도했다. 6학년 때는 교과서를

내 아들은 아무 잘못이 없습니다

두 권씩 사 주셨으니 그게 '서울 우등생 비법'이란다. 한 권은 학교에서 배우는 보통 교과서이고 또 한 권은 제목과 토씨를 빼 놓고는 먹물로 새까맣게 지운 교과서이다. 내용을 완죠니 좔좔 외우고 불에 태워 갈아 마셔 버리는 완벽 마스터 타법, 그런 중압감으로 밤마다 어금니 갈아마셨다.

그러나 전학생의 서울은 달랐다. 결국 나는 시골뜨기 서산 갯마을 자취생일 뿐이었다. 교실마다 올백All 100이 서넛씩 포진한 그룹 아래 10등 바깥으로 내동댕이쳐지는 성적표에 일단 기가 죽었다. 그 대신 1등 강박증에서 해방된 편안함도 있었다. 1등 고수를 위해 밤샘 공부할 필요가 없어졌다. 추락한 석차를 감추기 위해 침 발라 지우다가 통지표를 빵꾸 내던 해프닝도 영원히 사라졌다.

아버지는 월급봉투 쪼개는 절약정신으로 살았지만 백부께서는 통이 큰 사업가답게 소사에 무심한 낙천가였다. '돈 좀 빌려 주라.' 한 마디 쓰뭉하게 던지면 아버지는 형님의 부탁을 들어주기 위해 동분서주 분주했다. 추수한 쌀을 소 구루마 80리길 야간 운행한 이야기는 수십 번 리펫된 사연이라 내가 겪은 듯 생생하다. 하지만 백부께서는 사업 확장에 바빠 가끔 까마귀 고기를 드셨으니, 빚 갚음 날짜가 지나치면 아버지의 전전긍긍 표정에 온가족이 뒤숭숭했다.

6학년 졸업반 겨울.

백부네 사무실로 돈을 받으러 가신 아버지가 며칠째 돌아오지 않던 겨울방학, 사흘째 되는 날 어머니가.

"아버지 모시고 와라."

열세 살 소년은 동생의 손을 잡고 버스를 두 번 갈아탔다. 눈 녹은 비포장도로가 질퍽거렸고 완행버스 커브 길 낭떠러지를 비켜나면 다시 나타나는 벼랑 끝이 아찔했다. 아버지는 양조장 뒷방에 홀로 누워계셨는데 긴 머리카락에 식은땀 범벅이었다. 나도 모르게 눈물이 흐른 것은 심약한 성품 탓이었고.

그날 저녁 아버지는 호롱불 옆에서 나를 잡고 영어 발음기호 테스트를 하셨다. 스무 개 중에서 세 개를 틀렸는데 그 중 하나는 소풍의 뜻인 '피크닉'을 '프큼억'이라고 쓴 거였다. 신문지 뭉치를 돌돌 말아 틀린 개수대로 아들의 어깨를 내려쳤고 나는 마지막 매까지 피하지 않았다. 아프지는 않았다. 신문지 매질의 파워만큼 아버지의 속앓이가 풀리기를 바라면서 이불 속에서 훌쩍훌쩍 울었던 것 같다.

1969년 서울 중동중학교 야간부에 입학했다. 문교부는 중학교 입시 과열 해소를 이유로 그해 서울 지역만 중학교 평준화를 시도했다. 그 대신 시골 전학생들은 무조건 야간 중학교에 배속을 시켰으니 그게 올빼미 중학생의 시작이었다. 그때 문교부장관 성함은 권오병… 잊혀지지 않는다.

그런 '아랫돌 빼서 윗돌에 괴는' 땜빵 정책으로 야간중학교 배정을 받고 꺼이꺼이 더 많이 울었다. 북아현동 날맹이 자취방에서 어깨 들먹이는 둘째 아들을 바라보던 아버지는.

"경기고등학교에 합격해서 복수하라."

진정성과 판박이의 혼재된 문장으로 아들을 위로했고 그렇게 올빼미 중학 생활이 시작되었다. 형과 누나가 새벽 등굣길 빠져나가면 혼자만 덩그라니 남게 되는 열네 살 소년, 오후 네 시까지 좁은 자취방을 지키는 것은 지겨운 고역이었다. 우리 자취생 3남매 모두 구두쇠 핏줄이었으니, 만화방은 돈이 아까워서 엄두를 낼 수 없었다. 반찬을 사 본 기억도 가물가물하지만 연탄불이 꺼지면 그냥 쫄쫄 굶는 공복으로 버티면서 '절약의 효심'을 유지했다.

탈출구는 남산도서관이었다. 어차피 저물녘에나 등교할 수 있었으므로 오르막 한 시간 소요가 전혀 아깝지는 않았다. 원효로 자취방에서 후암동 미군부대 골목 지나 남산도서관 계단으로 타박타박 오르면 속옷까지 후줄근했다. 맨밥 도시락으로 5원짜리 국물을 말아먹으며 무료 도서대출을 활용하여 염상섭, 김동인, 나도향, 채만식, 현진건을 만났다. 4층 옥상에서 종이비행기를 날리다 보면 서울 복판이 눈 아래에 손바닥처럼 바싹 붙어 있었고.

중3 때, 결핵성관절염 진단으로.

성모병원에 20일가량 입원했다가 기브스 상태로 두 달 더 휴학한 사건은 오랜 아킬레스근이 되었다. 휴학 기간 내내 귀향생활을 했는데 품앗이 나온 동네 아줌마들이 혀를 차며 석고에 묶인 나를 구경하는 게 고역이었다. 그들은 바싹 다가와.

"월매나 심 드냐?"

고개 들이밀면 콧김 냄새가 힘들어도 생긋 웃어 주어야 했다.

그런데 언제부터였나, 뜰 안의 절름발이 중병아리도 거슬렸다. 병아리 시절 실수로 철사가 발목에 묶였는데 몸집이 커 가면서 조인 쇠붙이 위로 살이 뚱뚱하게 팽창하면서 절룩거리게 된 것이다. 내 몸도 아픈데 절름발이 가축과 동거하는 게 싫어서.

"저 닭 좀 처리해 주세요."

아, 그때 아버지의 진지한 표정을 새롭게 만났다. 중환자실 의사처럼 중병아리 발목의 철사를 조심조심 해체했고 옥시풀을 발랐고 소독했던 붕대까지 지성으로 동여 매는 인자함을 보여 주셨다. 그 진지한 표정은 또 있었다. 제비집에서 떨어진 제비 다리도 흥부의 표정으로 구원하실 때 나는 존경과 감탄으로 설레었다. 제비는 아버지의 정성으로 보름 후 부러진 다리를 펴고 푸른 항공으로 훨훨 날개쳤다.

하지만 천장에서 뚝 떨어진 쥐새끼는 인정사정없이 밟아 죽였고 안마당에 침입한 구렁이도 조선낫 한 방으로 반 토막 내었다. 뜰 안의 구덩이는 작대기로 때려잡았고 마당의 독사는 삽으로 찍어 토막 내었다. 나는 틈입자 야생동물을 처리할 능력이 없으면서도 아버지의 행위를 잔인성으로 규정했다.

성적이 15등으로 더 떨어졌지만 '휴학 면죄부'를 방패로 야단맞지 않은 게 다행이었다. 그런데 서울이 싫었다. 이상하다. 밤 10시 하굣길, 수은등 없는 골목길 자취방 유리창으로 내 고향 천수만 푸른 바다가 넘실거리는 것이다. 밀짚방석, 뭉게구름, 아카시아와 삘기 무덤, 장마철 수로에서 팔딱팔딱 뛰는 참붕어 비늘 파편, 그 배경으로 잠깐씩 펼쳐지는 무지개, 뒤로 갈수록 하늘색으로 맞닿는 수평선을 떠올릴 때마다 스크린의 황홀함으로 멍하니 굳어 있기도 했다. 병상 생활을 끝낸 어느 날 아버지에게.

"고향 중학교로 돌려보내 주세요. 제발."

그러나 소싯적에 한양으로 유학시킨 자식들을 다시 원위치 시킨다는 게 체면상으로도 불가능했다. 그 후 고등학교와 재수 생활까지 몇 년 더 서울에 머무르다 지방대학생으로 뺑뺑 돌아 소도시 총각 선생으로 컴백하면서 비로소 활력을 찾았다.

아버지는 머슴 아저씨와 둘이서 외양간도 치우고 사과나무 가

괜찮다, 괜찮다, 괜찮다

지치기도 하면서 경제적 안정세를 이루셨던 것 같다. 하지만 둘째 아들 강병철의 무너지는 성적표 때문에 '부글부글'을 간신히 견디시는 게 역력했다. 밥상머리에서 면 소재지 수재 후배를 올려 놓기도 했고 가끔 형제끼리의 성적표를 비교하는 게 고통스러웠다. 그런데 칭찬에 인색하던 부친께서 내가 연습장에 써 놓은 낙서들을 꼼꼼하게 살피시더니 딱 한 번.

"글을 잘 쓰는구나."

얼굴이 환하게 퍼지는 것이다. '칭찬은 고래도 춤추게 한다.'는 진리를 놀랍게 체득하는 순간이었다. 그리고 글을 쓰면서 집안에서의 열등감을 쬐끔씩 회복하며 감성의 리얼함을 구체화시키기도 했다.

교사 첫 발령은 논산 쌘뿔여고.

그 학교가 그리도 좋았다. 대학 시절 여대생들의 스포트와 무관했던 나는 여고의 총각 선생이 되어 발바닥이 허공 10센티쯤 둥둥 떠다닐 뻔했다. 소도시 여고생들이 수줍음 많은 초짜 선생을 놀리기도 하면서 풋풋한 교단일기를 만들 뻔했다. 아니, 짧게나마 행복했다. 유도혁, 강승구, 김종도 같은 참스승을 만났고 습작 시인 이재무가 가끔 놀러오기도 했다. 루카치와 발자크를 만났고 전태일을 독파했고 유동우의 『어느 돌멩이의 외침』을 읽고 펑펑 울었다.

내 아들은 아무 잘못이 없습니다

깨어 있는 벗들의 스크럼에 끼어들었고 폭폭한 세상을 한탄하면서 '행동하지 않는 양심'을 벗어나려 했다. 칠판도 글도 노동의 일상도 그렇게 마른 벌판 사르는 들불이 되어야 했던 변혁의 시국, 나도 그 세파를 피할 수 없었다.

『삶의 문학』동인으로 활동하던 중 『민중교육』필화사건에 연루되어 학교에서 쫓겨났다. 어느 날 TV에 내 이름자字가 등장한 것이다. 특집 제목은.

'『민중교육』당신의 자녀를 노리고 있다'

내가 쓴 단편소설 「비늘눈」의 내용은 '사립 교사가 되려던 대학 졸업생이 재단측의 금품 요구에 회의를 품고 임용을 포기함'이었다.(85년 8월 12일 ㅈ신문) 이게 없는 사실을 조작한 '허위사실 유포'가 되고 그 허위사실이 나라를 혼란스럽게 하는 '국기 혼란'이요, 적을 이롭게 하는 '이적행위'로 변신하는 악마적 편집이다. 그때 문교부장관은 손재석, 그는 그렇게 17명의 교사를 단칼에 잘라 내면서 순수 청년교사의 심장에 '시국의 분노'를 심어 주었다.

아버지 역시 절망에 빠지셨다. 교장 임용 18년차였던 아버지는 나름대로 도교육청에 끈을 대어 아들의 상태를 회복시키려 했으나 이미 한계를 넘었음을 깨달으면서 무력감에 빠졌다. 아들의 손을 붙잡고,

괜찮다, 괜찮다, 괜찮다

"내 손을 넘었다."

그렇게 시한폭탄 심장을 흔드는 것이다. 바깥에서 최교진, 이은봉, 황재학, 이은식, 송대헌 등의 벗들과 결의를 다질 때는 목숨이라도 바칠 듯 노여워하다가 다시 귀갓길 현관 앞에서 아버지를 떠올리면 어깨가 무너지는 것이다. 사건 일주일 되던 날.

따르르르르릉.

신새벽 초인종이 울렸고 덩치 큰 구둣발들이 쳐들어오면서 가족들 얼굴이 납덩이처럼 굳어 버렸다.

"강병철 선생님 댁이시죠?"

아버지는 침착함을 잃지 않으며 되물었다.

"『민중교육』 책 읽어 보셨지요?"

"…예."

당연히 거짓말이었다. 그들은 시키는 대로 연행하는 행동대원일 뿐이었는데 지푸라기라도 잡는 심정으로.

"보셨다니 아시겠지만 내 아들은 그냥 소설 한 편 쓴 것입니다. 아무 잘못이 없습니다."

코다리처럼 세모진 턱의 형사 하나가.

"이제 소용없는 소리니까 화끈하게 동행합시다."

그대로 영장 없이 화끈하게 연행했다. 그때부터 지난날이 과거이고 지금 상황이 현재이고 다가올 시점이 미래임을 새롭게 인지

하는 순간이었다. 그리고 이제 와서 회한스럽게 떠올린다. 벽두 새벽에 연행된 아들을 보내고 아파트에 남으신 아비의 심정은 과연 어떤 것이었을까.

또 있다. 집안에서 아버지의 무게중심이 허망하게 약화된 것이다. 아무도 흔들리는 가장의.

'일제 강점기 → 6 · 25 전쟁 → 5 · 16 쿠데타 → 유신시대 → 전두환 정권'

그 지난한 시국을 견뎌낸 살얼음판 정서를 인정하지 않으려 했다. 멍든 가슴 여미며 벙어리장갑 끼우려는 부친의 마음을 헤아려주지 못함이 참으로 아프다. 지나간 일이다.

그래서일까, 아버지는 나의 결혼을 특별히 기뻐하셨다. 두 명의 동생이 먼저 둥지를 튼 다음 늦깎이 신랑이 된 것도 이유겠지만 내가 해직교사였던 음울함을 벗어날 수 있다고 생각하셨기 때문이다. 당신의 손주들을 무르팍에 앉히면서.

"이게 행복이란다."

나를 향하여 더 이상 시국 사건에 연루되지 않길 바라는 눈빛을 보내시곤 했다. 그 후 전교조와 풍파를 함께하면서 징계의 수위가 오르락내리락할 때마다 아버지는 좌불안석을 표시내지 않기 위해 혼신으로 애를 쓰셨다. 그렇게 자식들이 모순 시국을 혁파를 위해 주먹을 불끈 쥘 때마다 아버지는 식솔들을 지키기 위해 끊임없이 소심해지셔야 했다.

아버지는 내 아들딸들을 지성으로 키워 주셨고 그 손주 돌봄의 기억을 행복하게 되새김질하셨다. 손주들도 봄 햇살 토방에서 호박 씨 까먹다가 잠들기도 했고 어항 속 금붕어와 눈이 마주치는 해맑은 유년기를 보내면서 조부모를 기쁘게 했다. 어느 날 어항 청소하느라 금붕어들을 임시로 바가지에 옮겨 놓았는데 아들놈이 그걸 엎질렀다. 리모컨을 찾아 기어가다가 바가지가 엎어지자 방바닥에 물이 깔리고 그 위로 금붕어 비늘이 팔딱팔딱 뛰었단다. 느이 어머니가 딱 한 대를 때렸는데 울지도 못하더라, 고 미안한 표정으로 고백했었다. 그렇게 강산이 서너 번 바뀌었다.

세월이 빛의 속도로 흘렀고.

아버지의 팔순을 즈음하여 책을 출간했다. 문장력이 뛰어나진 않았으나 바느질하듯 꼼꼼하게 글을 쓰는 노력파였다. 당신의 초고는 그냥 편지지에 쓴 세련된 흘림체 글씨였는데 그걸 타이핑해서 옮기는 작업이 여간 만만치가 않았다. 마치 암호 해독하듯 머리를 쥐어짰지만 나는 불효자 타이틀의 만회 기회로 생각하며 열심히 교정을 보았고 만화가 동생 강병호가 편집을 맡아 밤을 새우기도 했다. 『뿌리를 알아야 미래가 보인다(온누리刊)』는 충남 서산시 부석면 중에서 주로 대두리 일대를 조사한 그야말로 몸으로 작업한 글이다. 꽃소금 만드는 방법'을 기록한 것 등은 태안반도만의 특별한 자료가 되리라. 일제 학도병으로 끌려갔다가 블라디보스톡에서 목숨을 건 탈영을 시도한 사연도 부록처럼 붙어 있다. 생전 처음 책을 출간하신 그 80세가 마지막 활력이었던 것 같다. 동창생들과 고향 사람들을 불러 책도 풀고 술도 쏘셨다.

91세 어느 날, 아버지는 아침 체조를 하시던 중 쓰러지셨다. 그리고 스스로 119를 불러 병원에 입원하시면서 마지막 홀로서기를 보여 주셨다. 하지만 그게 마지막 바깥 생활이 될 줄은 까맣게 몰랐다.

노인 병동 2년 7개월.

그 기간이 아버지로선 돌이킬 수 없는 힘든 세월이 되었다. 노인 병동 사내들은 TV와 컴퓨터 없이 각자의 투병을 보내고 있었다. 침대 건너편을 서로 외면하면서 주사와 간병인과 링게르에 매달려 비무장 상태의 마지막을 보내는 중이었다. 어머니도 거의 날마다 병원 방문을 하셨고 나도 일주일마다 면회를 갔다. 특히 나는 운전을 못해서 서산 터미널에서 요양병원까지 눈 내리고 꽃 피는 계절을 몇 차례 보내면서 어깨를 들먹이곤 했다. 아버지는 시나브로 쇠해지면서 오래된 기억에만 선명해지셨다. 특히 여동생 강병선과 조우할 때마다 흘러간 기억들을 하나씩 꺼내셨다.

열여섯 초여름, 소금 구루마에 치여 발목이 부러졌는데 갈마리 서의상(마을 침술사)의 침을 맞고 감쪽같이 회복한 사연도 여러 차례 되풀이하셨다.

"첫 번째 침은 아픈 줄 몰랐는데 두 번째 침부터 아프기 시작했으니 신경이 되살아난 거야. 세 번째 침에서 굽은 발목이 쭈욱 펴지는 거야. 이튿날 달걀 한 줄로 보은을 했더니 고맙다며 입술이 찢어지더라."

김종필 정치인 이야기는 색깔과 무관한 친분 스토리다.

"박정희와 김대중 대통령 때 두 번 총리를 먹었어. 홍수사태로 도비산이 무너져서 대두리 밭까지 자갈로 덮였는데 총리가 시찰을 온 거여. 내가 구경꾼들 틈에서 '강동원이두 왔어' 하니까, 뒤를 돌아서며 '어이 칭구' 하면서 껴안는 거야. 그가 참나무보 제방을 시멘트로 고쳐 줘서 대두리는 이제 어떤 홍수에도 끄떡없을 거여."

그리고 내 아들 강등현에 대한 칭찬이다.

"부처님 같은 애야. 어항갈이 할 때 옮겨 놓은 금붕어 바가지를 발로 건드려 방바닥 홍수가 난 거여. 할머니가 꿀밤 한 대 아프게 쥐어박았는데 울지도 않더라."

이번에는 학도병 시절 탈영한 이야기다.

"일본군 대장 그놈은 사람 목을 자르고도 눈빛 하나 움직이지 않는 독사 같은 놈이지. 전투 직전 꿈속에 나타난 아버님이 '빨리 도망치지 않으면 죽는다며 불호령이야. 배가 아프다고 하니까 칼로 찌를 듯 노려보는데 진짜 죽는 줄 알았어. 나를 빼놓고 루스키 섬 전투에 간 군인들은 몰사를 당했어."

영국 여행 이야기는 사열대에서의 천상 교장님 훈시 스타일이다.

"런던의 가로수가 사과나무인데 글쎄 박 교장 사모님이 그걸 따려고 나뭇가지를 잡는 거야. 내가 '안 돼요. 지금까지 사과 열매가 주렁주렁 열린 건 이 나라 사람 아무도 건드리지 않았다는 거요. 대한민국 국격에 대한 문제지요.' 했더니, 얼굴이 발개지면서 잘못했다는 거여. 흘흘흘."

그러다가 문득 목소리를 낮추신다. 내가 귀에 손바닥을 대어도 가물가물 들리지 않는데 초로의 누이 강병선이 아버지 눈곱을 떼면서.

"오빠가 효자라네. 효자 아들."

엄지척을 보낸다. 아, 초로를 보낸다는 건 기쁨과 슬픔을 한꺼번에 견딘다는 의미이다.

도대체 무슨 효도를 했을까.

나는 입시에 세 번밖에 떨어지지 않았고 병상 3개월의 사춘기를 보냈을 뿐이며 해직교사도 3년 8개월로 마감했으니 지긋지긋 불효막심은 아니다. 동생 둘을 결혼시킨 다음 늦깎이 둥지를 틀은 것도 효도이며, 징계위원회도 세 번밖에 출두하지 않았고, 한 달에 음주를 절반 정도만 했으며, 운전면허증은 없지만 면허증 있는 아내와 결혼을 했고 과속 방지턱을 휙휙 점프하는 아들놈도 키웠다. 머리카락도 일 년에 두 번은 깎았고… 아들, 딸을 방치했는데도 무럭무럭 잘 커줬다, 며 갸우뚱했다.

아버지는 병상에서도 '당뇨와의 싸움'을 멈추지 않았다. 딸기와 과자를 차단했고 방울토마토와 마른 건빵만 고수하셨다. 2017년 9월28일 저녁, 석식으로 쌀밥이 나오자,

"나는 당뇨환자라서 흰쌀은 안 돼."

바꿔 나온 잡곡밥 반 그릇 정도 간신히 떠넘기시고 여덟 시간 후 운명하셨다. 그랬다. 아버지 혼자 초저녁 일곱 시를 보냈고 여덟 시 소등 이후 어둠 속에서 밤 열한 시와 자정을 보냈고 또 몇 시간 가쁜 숨 내뿜다가 운명하신 것이다. 피붙이 모두 까맣게 단잠에 빠진 초가을 밤 세 시였다. 그 실루엣을 떠올릴 때마다 나는 밀려오는 고독을 견딜 수 없다.

어머니는 지금 혼자 사신다.

초로의 아들이 주 이틀 방문하고 나머지 형제들이 주말마다 번갈아 찾아오는 일정도 만만치 않다. 나머지는 당연히 어머니 혼자의 몫이다. 주로 재래시장 광천 새우젓 가게에서 입담을 나누시다 숙소로 돌아오실 때는 미원이나 새우젓 하나씩만 들고 오신다. 택시를 잡으니 기사님이 낯익은 얼굴이다. 예전의 기사님은 당연히 의료원 쪽으로 방향을 틀었는데 어머니께서.

"그쪽 아뉴? 시장통으로."

택시기사가 갸우뚱하며,

"오늘은 왜 의료원 안 가시쥬? 할아버지 안 만나실규?"

"돌아가셨어."

"…."

슬픈 표정을 체크한 그가 더 이상 묻지 않아서 다행이다. 대보름 까맣게 쥐불 놓은 자리마다 온통 초록빛 벌판이다. 하늘나라 어디쯤에서 누군가 초록빛 뺑끼통을 쏟아 부었거나 초록불을 지핀 사단이 틀림없다. 측백나무 성성한 이파리로 나타난 그가 너는 지금 살아 있다고 우느냐며 킬킬킬 흔드는 중이다. 나는 그렇게 지금도 아버지로부터 물려받은 윗도리를 걸치고 다닌다. 따뜻하다.

전무용

피난처는 없었다

- 아버지의 현대사 수난기

아버지는 1951년 7월 국군에 입대하셨다. 당시에도 국민학교 교사들은 징집되지 않았는데, 아마도 낙동강을 넘어서 피난을 가지 못한 영향이 있었던 것 같다. 입대하여 제주도 훈련소에서 훈련을 받다가 지독한 이질에 걸려서 부산 제5육군병원으로 후송되셨다. 나중에 아버지는 이렇게 말씀하셨다.

"종일 땀 흘리며 훈련받다가 귀대하는데, 논두렁에 물이 보이니까 참을 수가 없더라고. 그래서 다들 우루루 달려들어서 논두렁에 엎드려 그 물을 마셔 댔지. 그랬더니 밥부터 설사가 좔좔 쏟아지고, 어지러워서 하늘에 노란 별이 보이더라고. 다들 픽픽 쓰러지는 거야. 죽기도 했지. 논두렁물 안 먹고 견딘 사람들은 괜찮았어."

나라를 잃었던 나라, 반토막 난 나라, 획일화를 강요하는 나라, 모난 돌 먼저 정 맞는 나라에서, 국어국문학을 공부하며 문학에 뜻을 두었고, 어떻게해야 사람들이 행복하게 살 수 있을까를 생각했다. 1985년에 부여 외산에서 중학교 교사 생활을 잠시 하다가, 『민중교육』지 출판과 관련하여 해직되었다.

1986년 이후로는 대한성서공회에서, 『성경전서새번역』을 번역하는 일에참여하여, 번역 성경의 한국어를 다듬는 일을 하면서, 모범이 될 수 있는 한국어 문장이 어떠해야 하는지를 오래 생각했다. 1994년에는 시집 『희망과다른 하루』를 출간하였다. 2011년에는 오래 생각해 온 문체와 관련된 논문"한국어 번역 성경의 문체 연구"로 박사학위를 받았다.

대한성서공회에서 다음 세대를 위한 성경 번역을 도우면서, 계속해서 한국어에 대해서 생각하고 있다. 가끔 시를 쓰면서, 아직도, 계속해서, 어떻게해야 사람들이 행복하게 살 수 있을까를 생각하고 있다.

나라 잃은
세상에서

전상위, 우리 아버지, 1927년 4월생으로, 황간면 우천리 소내 마을에서 태어나셨다. 본향은 선산읍 무을인데, 고조부 때 추풍령 죽전으로 솔가하여 사시다가 증조부 때 소내로 이사하셨다. 고조모님이 길쌈으로 어려운 살림을 꾸리시며 증조부 공부를 뒷받침하셨다고 한다. 증조부께서는 소내에서 학동들을 모아 사서삼경을 강학하셨다. 사랑방에서 서당을 여신 것인데, 사방 십여 리 안팎의 마을에서 학동들을 보냈다고 한다. 동의보감을 읽으시고, 대구 약령시장을 다니시며 약재를 사다가 아픈 사람들에게 한약 처방도 하셨다. 그때의 처방전들이며 서책들이 아직도 집안에 보존되어 있다. 1902년생이신 할아버지는, 청주농업학교를 졸업하시고, 직장을 따라 고향을 떠나, 가족을 이끌고 강원도 김화군 김성에 가서 사셨다.

아버지는 1935년 강원도 김화국민학교에 입학하여 1년을 다니다, 고향 황간국민학교로 전학하여 2학년을 다니고, 다시 김성국민학교로 전학하여 1941년 3월에 졸업하였다. 그때에는 초등학교를 국민학교라고 했다. 아버지는 그해에 5년제였던 춘천사범학교에 입학하여 해방 이듬해인 1946년 2월에 졸업을 하셨다. 1945년 8월 15일 해방이 되던 때에는, 사범학교 졸업반이어서 김화국민학교에 교원 실습을 나가 계셨다. 어릴 때 언제나 오빠를 졸졸 따라다녔던 여동생 옥희 고모가, 해방 전날인 8월 14일에, 할머니가 싸 주신 아버지 옷보따리를 들고, 혼자 김성에서 금강산전철을 타고 두세 정거장 떨어진 김화까지 가서 학교를 찾아갔다. 고모님 열네댓 살 때였다.

금강산전철은 철원에서 내금강까지 운행하던 철도였다. 전쟁 막바지인 44년에는 창도에서 내금강까지의 구간은 전쟁 공출로 철로가 철거되었고, 철원—창도 구간만 운행되고 있었다. 그 즈음에는 종종 미군 폭격기 B29가 지나다녔고, 비행기가 지나갈 때마다 공습경보가 울렸다. 김화역에 내리니 공습경보가 울렸다. 고모는 사람들 안내에 따라 정거장 마당에 있는 방공호로 피해 들어갔다가, 한참 후에 경보가 해제되어서 나왔다. 그리고는 물어물어 김화국민학교를 찾아갔다. 교실 여기저기를 기웃거리며 다녔는데, 어디선가 오빠가 먼저 보고서 나왔다. 저녁을 사먹고, 같이 극장에 가서 타잔 영화를 보았다. 원숭이가 나무를 타고 이리 저리로 날아다니는 영화였다.

그날 밤에는 아버지가 머물고 계시던 학교 숙직실에서 잤다. 커다란 빈대가 여기저기 기어 다니며 물어 대는 바람에, 고모는 잠을 잘 수가 없었다. 그러거나 저러거나 아버지는 잘도 주무셨다. 다음 날 고모는 다시 김화역에서 금강산전철을 타고 김성 집으로 돌아왔다. 집에 돌아오니, 이웃 아주머니들이 담장 너머로 수군거리며 '일본이 망했다'는 이야기를 주고받았다. 할머니도 그런 이야기를 듣고는, 일본이 패망했다는 이야기를 고모에게 하셨다. 누군가 라디오 방송에서 들었다고 했다. 고모는 무서워서 할머니에게 이렇게 말했다고 한다.

"엄마, 그런 이야기 하면 큰일 나요. 아무에게도 그런 말 하지 마세요."

나중에 할머니께 들은 말로는, 아버지께 일본이 패망했다고 하

173

피난처는 없었다

더라 하니까, 아버지 말이 그럴 리가 있느냐고 하셨다 했다. 해방이 되자마자 서울 같은 대도시에서는 거리로 뛰쳐나와서 대한독립만세를 부르고 다녔다지만, 그런 기운이 시골까지 내려오기에는 한참 걸렸다. 며칠 뒤 고모가 학교에 가니까, 그렇게도 고모를 예뻐하던 담임 쓰지야 선생이 고모 얼굴을 못 쳐다보더라고 했다. 고모님 말이다.

"나이 많았던 일본인 여선생, 나를 그리도 귀여워했는데, 나를 쳐다보지도 못하더라고."

고모는 그때 쓰지야 선생에게 배운 일본어가, 나이 여든이 지난 지금도 거의 완전하시다. 그렇지만, 그 일본어를 한 번도 쓰신 적 없이 면 단위의 작은 마을에서 한평생을 사셨다. 나중에 그 딸이 일본어를 공부하면서, 자기 엄마가 일본어를 완벽하게 하시는 걸 알고는 깜짝 놀랐다고 한다.

보이지 않는
삼팔선 오르내리며

아버지는 그해 겨울 사범학교 졸업장을 받으러 김성에서 춘천까지 걸어서 갔다 오셨다. 살던 곳은 38선 북쪽이고, 춘천은 38선

남쪽이었기 때문에, 로스케 눈을 피해서, 산길로 숨어숨어 걸어걸어 화천을 지나 춘천까지 가서 졸업장을 받아 오신 것이다. 어떤 식으로든 누군가가 집을 떠날 때마다 할머니 마음은 녹아 내렸다. 그해 겨울은 김화에서 났다. 로스케들이 따발총을 들고 학교 앞에 줄을 섰고, 사람들 사이에는 이런 말이 돌았다.

"로스케들, 요구하는 대로 다 해 줘야 한대. 소 잡아 달라면 소 잡아 줘야 하고. 돼지 잡아 달라면 돼지 잡아 줘야 하고. 여자 내놓으라고 하면 여자 내놔야 한대. 나이 든 처녀들은 산으로든 어디든 들어가 숨어야 한대."

로스케들은 손목시계 같은 탐나는 물건을 보면 빼앗는다고 했다. 군 창고에 있던 물건들도 소련으로 다 실어갔다고 했다. 그래서 다들 수군수군하며 '로스케'라고 했는지 모르겠다. 그래도 실제로 사람들이 산으로 들어가 숨지는 않았다. 세상은 사납게 변하고 있었다. 촌으로 다니며 산림 감독 일을 했다던 덕래 아버지가 맞아 죽는 일이 일어났다. 사람들에게 모질게 했었다는 소문이 들렸다.

"여보, 고향으로 갑시다. 아무래도 여기서는 못 살겠어요."

할아버지도 우리 식구들도 아무도 해코지한 적 없었지만, 할머니는 고향으로 가자고 하셨다. 할머니 말씀에, 할아버지는, 그 겨울에 혼자 몰래 38선을 넘어 고향 황간으로 내려가셨다. 그리고 고향에서, 할머니 친정집 행랑아범이었던 춘득이 아저씨랑, 만주로 갔다가 그때 막 돌아온 제수씨의 친정오빠를, 이삿짐 나를 짐꾼으로 데리고 김성으로 돌아오셨다. 그리고 46년 3월 초에 할아버지가 먼저 아버지 큰고모, 작은고모를 데리고 짐보따리를 짊어진 두 사람과 함께 고향으로 떠나셨다. 할머니가 남아서 남동생 둘과 어린 막내고모를 데리고 김성 집을 지키셨다. 철원역에 도착하니, 기차역 입구가 봉쇄되어 있었다. 청량리 가는 열차는 다니지 않았다. 그 길로 80리 길을, 걸어걸어 전곡에 도착했다. 전곡 마방에서 하루를 묵었다. 마방은 행인들에게 숙소도 제공하고 말죽도 끓여 주고 하던 곳이었다. 지금은 여든 살도 훨씬 넘으신 고모님 말이다.

"해거름 되니까 엄마 보고 싶고, 몸은 힘들고, 죽겠더라고. 고향으로 간다고 들떴던 마음도 싹 사라지고. 발바닥은 물집이 생겨서 엉망이고."

하룻밤 자고 다시 길을 나섰다. 발이 부르텄지만, 38선을 넘어야 했다. 십리 길, 4킬로미터 남짓 걸으니까 한탄강이 나왔다. 거기가 38 경계선이었다. 짐 진 사람들은 하류로 가서 물이 깊지 않은 곳으로 걸어서 건넜다. 맨몸인 사람들은 걸어서 한탄강 철교 쪽으로 갔다. 철교 북쪽에 로스케들이 따발총을 들고 보초를 서고 있다가, 우리들을 불러 세웠다. 사람들 몸을 다 뒤지고 짐도 다 뒤졌다. 별다른 물건이 나오지 않으니까 그냥 보내 주었다. 높은 철교 아래로 강물은 까마득했고, 듬성듬성 놓인 가로 침목 가운데로 조봇하게 세로로 깔린 나무판을 디디며 철교를 걸어서 건너자니, 한 걸음 한 걸음이 너무나 무서웠다. 동두천 어디쯤 내려오니, 미군들이 학교 운동장에서 배구를 하는 시끌시끌한 모습이 보였다. 그제야 조금 마음이 놓였다. 걷기도 하고 차를 타기도 하면서, 고향 소내까지 내려왔다. 고모님 말이다.

"같이 오지 못한 엄마 보고 싶어서 맨날 울었어. 외삼촌이 오셔서 울지 말라고 달랬지. 엄마 곧 오실 거라고. 아버지는 우릴 고향에 데려다 놓고 다시 38선 넘어 올라가셨어. 엄마와 어린 동생들 데리러. 그때만 해도 사람들이 몰래몰래 오르내리고 있었거든."

할아버지는 다시 김성으로 가서, 훨씬 더 어렵게 할머니와 세 동생들을 데리고 돌아오셨다. 38선은 그새 또 감시가 더 심해져 있었다. 38선 근처에 그 지역 주민들 중에서 돈을 받고 몰래 남북을 오르내리는 길을 안내해 주는 사람들이 있어서, 그들 도움을 받았다. 그런데도 로스케들에게 걸려, 이번에는 창고 같은 곳으로 끌려갔다. 다른 곳으로 잡혀가는 것은 아닌가, 죽는 것은 아닌가, 욕을 보는 것은 아닌가, 가족 모두에게 온갖 무서운 생각이 들었다. 거기서 한참을 있게 하더니, 짐 다 뒤져 보고 나서 보내 주었다. 남 보지 않는 곳에서 물건 뒤지려고 했던 것이 아닌가 싶었다. 값나가는 물건이 있었으면 빼앗겼을 텐데, 빼앗길 만한 물건이 없었다. 할머니 말로는 뭔가 값나가는 것들을 김성 집 지붕 처마 밑에 숨겨

피난처는 없었다

두고 오셨다 했다. 돈은 할머니가 누비 덧옷 안쪽에 바느질로 꿰매 붙여 감추어서 다행히 들키지 않았다. 그 길로 다시 밤길 도와 산 넘고 물 건너, 갖은 고생 끝에 남쪽으로 내려왔다. 만일 그때 붙들려서 못 내려왔더라면, 요즘 같은 때 이산가족 찾기 하며 다니고 있었을 것이다.

해방된 나라
분단된 나라

아버지는 1946년에 황간국민학교 교사로 발령을 받았다. 47년에 용암국민학교, 49년에 옥천 삼양국민학교, 50년에 다시 황간국민학교… 이렇게 전근을 다니시며 교직 생활을 하셨다. 할아버지는 고향에 돌아오셔서, 황간면 농협, 그때 말로 농회 회장을 하셨다. 그러다가 6·25가 터졌다. 마을 앞길이 보은 옥천 쪽에서 내려와 추풍령 넘어가는 길목이라, 피난 행렬들이 계속해서 마을을 지나갔다. 그렇지만, 어떻게 해야 할지 갈피를 잡을 수 없었다.

전쟁 터지고 한 달쯤 지난 7월 말이 되자, 할머니는 젊은 청년이었던 큰아들 안위가 걱정이 되어서, 친정 마을 서송원으로 아버지를 보내셨다. 마을에 좌우익 바람이 살살 불기 시작하는 것을 느끼

괜찮다, 괜찮다, 괜찮다

셨던 것 같다. 마을에서 인심 잃을 일 없이 살았지만, 38선 이북에서 해방되던 해 겨울을 지내면서 사람 죽는 일도 보고 해서, 몹시 걱정이 되셨던 것이다.

그 길에 아버지가 노근리 철도 아래 쌍굴다리를 지났다. 흰옷 입은 백수십의 주검들이 철도 공굴 아래 빽빽이 쌓여 길을 막고 있었다. 총 맞고 죽은 사람들에게서 흘러내린 피가 채 굳기도 전이었다. 남자고 여자고 어른이고 애기고 할머니고 할아버지고 할 것 없이, 사람 위에 사람이 켜켜이 죽어 널브러져 있었다고 했다. 발 디디고 지날 빈틈조차 없어서, 오른쪽 산언덕으로 해서 철길로 올라서니, 거기도 사람 죽은 주검이 여기저기 널려 있었다고 했다. 힘 있는 젊은 사람들이 달아나니까 군인들이 뒤쫓아 가면서 사살을 한 것으로 보였다. 사실은 임계리 주곡리 쪽에서 마을 주민들 대다수가 피난을 떠나서, 불과 30리 길도 못 내려와서 변을 당한 것이었다.

그 날 눈으로 보신 쌍굴다리 아래 위의 처참한 모습은, 2004년에 '노근리 사건 특별법'이 국회의원 169명 전원의 찬성으로 국회를 통과한 다음에야 우리에게 말씀해 주셨다. 참으로 오랜 세월 아무에게도 한 번도 그 날 일을 말하지 않고 지내신 것이었다. 정확한 날짜를 물었지만, 칠월 이십 육칠일이나 칠팔일쯤 아닐까 하시면서도 날짜를 특정하지는 못하셨다(그때 해 주신 이야기는 시로 따로 발표한 적이 있다).

　"아무에게도 아무 말도 할 수가 없었어. 그래도 사람들은 알고 있었지. 누가 그랬는지. 그래도 아무도 아무 말도 하지 않았어. 어디서도 아무 말도 할 수 없었지."

피난처는
없었다

　아버지 외갓집도 피난처는 아니었다. 전쟁이 터진 마당에, 어디에도 피난처는 없었다. 며칠 뒤에 아버지는 다시 집으로 돌아오셨다. 그 뒤로 할아버지와 아버지 온 가족이 피난길에 나서서, 김천 지나 아포역 정거장 지나서 어느 다리 밑에서 피난생활을 하다가, 결국 낙동강을 건너지 못하고 돌아서고 말았다. 이미 낙동강 다리는 다 폭파되었고, 낙동강을 건널 수가 없었다. 낙동강은 주 전선이 되어 있었고, 피난민들도 무리무리 모여 다녔다. 인민군들이 이미 거기까지 내려와 있었고, 여기저기 피난민들을 찾아다니면서 '고향으로 돌아가시라'고 선무하고 다녔다. 인민군들이 밤낮으로 낙동강 전선으로 내려가고 있었다. 때때로 비행기가 떠서, 사람들이 많이 있는 곳에는 무차별로 폭격을 해 댔다. 눈 앞에 사람들 죽

괜찮다, 괜찮다, 괜찮다

어가는 것이 보였다. B29가 폭격을 해 댈 때 이리저리 흩어져 달아
난 사람들은 살고, 저쪽 숲으로 숨어든 사람들은 폭탄 몇 방에 다
죽었다. 힘 좋은 젊은 사람들은 맨몸으로 낙동강 물을 건너 피난을
하기도 했지만, 어린 애기들까지 주렁주렁 데리고 그렇게 할 수가
없었다. 작은집, 큰집 해서 20여 명이나 되는 대가족이, 의지할 곳
없는 피난 생활을 감당할 길이 없었다. 마침내 할머니가 결단을 하
셨다.

"큰애랑 둘째, 옥희랑 작은집 조카랑 셋은 강물 건너가거라. 우
린 고향으로 돌아갑시다. 여기서 죽으나 고향 가서 죽으나 마찬가
지잖아요."

고모가 반기를 들었다.

"안 돼요. 죽으면 다 같이 죽고, 살면 같이 사는 거지, 어찌 우리
만 살자고 강을 건넙니까? 그렇게는 못해요."

한쪽에서는 울음이 터졌다. 마침내 모두가 고향으로 돌아가기
로 했다. 사실상 죽어도 같이 죽는 쪽으로 결정을 한 것이다. 고향
집에 돌아오니 처참했다. 곳간에 먹을 것은 완전히 비어서 바닥이
나 있었고, 살림살이들도 마당에 내팽개쳐져 있었다. 인민군들이
그렇게 했던 것이 아닌가 싶다. 마을 사람 누군가가 우리 집으로
안내했을지도 모른다.

피난 못간
사람들

계속해서 아래로 내려가던 인민군들이 다시 위로 쫓겨 올라가기 시작했다. 마을 앞산은 인민군이, 뒷산은 미군이 차지하고 서로 총을 쏘아 대며 전투를 하기도 했다. 전쟁 끝나고도 오랫동안, 똥바가지 하던 철모랑, 빨랫줄 하던 삐삐선이랑, 접었다 폈다 하는 군용 야전삽이랑, 군복이랑, 백인이며 흑인이며 인민군이며 죽은 군인들에게서 나온 물건들이 마을 집집마다 돌아다녔다. 사람들은 어디선가 수류탄을 주워다가 개울에서 물고기를 잡아먹기도 했다. 그 시절, 38선 이북에서는 일본 사람 밑에서 일했는지를 따졌고, 전쟁 때는 오직 낙동강 건너 '도강 했는지 안했는지'가 판단 기준이었다. 피난 가서 낙동강 넘어간 사람은 좌익 활동을 했어도 허물이 다 씻어지고 벗어졌고, 낙동강 못 넘어간 사람은 부역자 취급을 받았다. 피난 못간 사람들은, 어떻든 인민군 치하에서 산 사람들이었기 때문이다. 그러면서 할아버지는 그 무렵에 황간면 농회장을 그만두셨다.

아버지는 1951년 7월 국군에 입대하셨다. 당시에도 국민학교 교사들은 징집되지 않았는데, 아마도 낙동강을 넘어서 피난을 가지 못한 영향이 있었던 것 같다. 입대하여 제주도 훈련소에서 훈련을 받다가, 지독한 이질에 걸려서 부산 제5육군병원으로 후송되셨다. 나중에 아버지는 이렇게 말씀하셨다.

"종일 땀 흘리며 훈련받다가 귀대하는데, 논두렁에 물이 보이니까 참을 수가 없더라고. 그래서 다들 우루루 달려들어서 논두렁에 엎드려 그 물을 마셔댔지. 그랬더니 밤부터 설사가 좔좔 쏟아지고, 어지러워서 하늘에 노란 별이 보이더라고. 다들 픽픽 쓰러지는 거야. 죽기도 했지. 논두렁 물 안 먹고 견딘 사람들은 괜찮았어."

고모님 말이다.

"배춧국 끓이고 있는데 느이 아버지한테서 편지가 왔어. 반가워서 뜯어보니까, 부산 병원에 와 있다고 하잖아. 할머니가 만사 팽개치고 이것저것 먹을 것 챙겨서 싸들고 부산으로 가서, 병원 옆에 방 얻어 놓고 병원 드나들면서 아버지 병수발을 하셨어. 그때 제주도 물이 너무 나빠서, 훈련 받다 죽은 군인들 많았다고 하더라고."

전쟁이
끝나고

아버지는 1952년 2월 6일, 큰고모님 말로는 '얼굴이 뚱뚱 부어서' 제대를 하셨다. 그리고 고향에 돌아와 농사일 거들다가, 이듬

해에 다시 이웃 마을에 있던 용암국민학교로 발령을 받았다. 57년 3월에 영동국민학교로 옮겼다. 56년생인 내가 다섯 살 즈음까지 거기 살았다. 그 때 우리 가족 세 들어 살던 학교 뒤 하중이네 집이 어렴풋이 내 기억에 남아 있다. 어린 내가 걸핏하면 주인집 애기들 손가락을 깨물어서 애를 먹었다고 한다. 1961년에 노송국민학교로 가셨고, 63년에 내가 이 학교에 입학했다.

63년 3월 아버지는 황학국민학교 교감이 되셨다. 나는 1학년 2학기 때부터 2학년 말까지 이 학교를 다녔다. 해거름이면 아버지를 따라 학교 아래 개울에 가서 대나무 낚싯대로 피라미를 잡았다. 낚싯줄 매는 방법도 이때 배웠다. 물고기가 두세 마리씩 낚시에 달려 올라오기라도 하면, 우리는 신이 나서 소리를 질러 댔다. 물고기 튀던 여울이며, 물이랑에 반짝이던 석양 노을빛이, 지금도 눈에 선하다. 이때 처음으로 그 당시 전력 사정 때문에 빛이 밝아졌다 흐려졌다 하던 전깃불을 사용했다.

1965년 아버지가 화곡국민학교 교감으로 옮기셨다. 다시 이사한 집에는 전기가 들어오지 않았다. 우리 집에서는 저녁마다 호롱불빛 아래 노래잔치가 열렸다. 엄마와 아버지가 아랫목에서 박수를 치시고, 우리 형제들은 윗목에서 돌아가며 노래를 불렀다. 학교 음악 시간에 배운 노래든, 월남의 달밤이나 추풍령 고개 같은 유행가든, 한 번 듣기만 하면 다 외워 버리고 다 따라 불렀다. 아버지가 하모니카를 하나 사다 주서서, 형제들이 돌아가며 그걸 손에 들고 다니면서 불어 댔다. 무슨 노래든 모두 다장조로 바꾸어서 불어 댔다. 그땐 왜 그런지 몰랐지만, 어쩌다 하모니카로 낼 수 없는 음정이 있었다. 그러면 그 소리만 빼고 불었다.

우리 형제들 놀이터는 언제든 학교 운동장이었다. 어두워지면 늘 밤하늘에 박쥐가 날아다녔다. 우리를 검정 고무신을 벗어서 날아다니는 박쥐들을 향해 던지며 놀았다. 누군가가 박쥐가 신발 속으로 날아들 거라고 했지만, 한 번도 박쥐가 거기로 날아들어서 잡힌 적은 없었다.

4학년 때 언젠가 두 갈래로 머리 딴 우리 반 예쁜 여자 아이가 눈에 썩 들어왔다. 그 전까지는 반 아이 누구에게도 여자라는 느낌을 받은 적이 없었다. 자꾸 생각이 나고 가슴까지 두근거리는 그 이상한 느낌은, 아버지가 다시 전근이 되시면서 까마득한 과거 속으로 사라지고 말았다. 그래도 그 뒤로 몇 년은 그 아이들 학급번호와 이름이 머리를 맴돌았다. 임계리 아이들도 몇 있었는데, 그 임계리가 노근리 사건의 그 임계리인 것을 안 것은 참으로 오랜 후의 일이었다.

1967년 내가 국민학교 5학년이 되던 날, 아버지는 제천교육청 장학사로 발령을 받으셨다. 우리 가족은 찬 기운이 감도는 새벽 캄캄할 때 영동을 출발했다. 단선이던 충북선 열차는, 몇 정거장 못 가서 반대편 열차 보내느라고 한참씩 기다리곤 해서, 저녁 아주 캄캄해져서야 제천역에 도착했다. 먼저 화물로 보냈던 이삿짐을 역에서 찾아서 소가 끄는 수레에 싣고, 그 뒤를 따라 터벅터벅 시내로 걸어 들어갔다. 꿈 같은 시골 생활이 모두 끝나고, 도시 생활이 시작되는 순간이었다.

아버지

일곱 살 때인가, 딱 한 번 아버지께 종아리를 맞은 기억이 있다. 여름이면 개울에 가서 멱을 감고 놀았는데, 귀에 물이 들어 중이염을 앓곤 했다. 그 날도 물에서 놀면서, 물속으로 자맥질을 하며 신나게 놀았다. 저 멀리 아버지가 논에 내려갔다 오는 것이 보였는데도, 나는 아버지가 멀어서 나를 못 보실 거라고 생각하고, 저만치 오실 때까지 계속해서 그렇게 놀았다. 아버지가 나를 부르셨다.

"무용, 이리 온."

켕기는 구석이 있어서, 아무 말 못하고 아버지 뒤를 따라 집으로 갔는데, 그 날 가느다란 회초리로 아주 맵게 종아리를 맞았다. 귀를 앓는데도 자맥질을 했기 때문이었다. 여남은 대는 맞은 것 같다. 종아리에 파란 줄이 여러 겹 생겼다. 아주 섧게 울었는데, 할머

니가 나를 폭 안아 주셨다. 그리고는 속이 아프셔서,

"애기를 이렇게 줄이 짝짝 가도록 때리느냐?"

며 아버지를 나무라셨다. 아버지도 마음이 안 좋으셨는지, 그때나 말고는 형제들 아무도 자라면서 아버지에게 맞은 기억이 없다. 아버지는, 우리가 철들기 전이나 철들고 나서나, 무슨 일이든, '어떻게 하면 좋겠니?' 하고 늘 물으셨다. '이렇게 하면 어떨까요?' 하면, 늘, '그럼 그렇게 해 보자.' 하셨다. 형제들이 다들 나름대로 알아서들 했지만, 공부를 하라거나 무엇인가를 하라고 강요하신 적도 없다.

어떤 (평범하고 성실한) 교육자

제천 옥천 영동을 다니시며 오래 장학사 생활을 하시고, 충청북도 교육연구원에서 연구원 생활도 하시고, 옥천의 죽향, 영동의 이수, 부용 등에서 교장으로 지내셨다. 그 즈음 충북일보에, 시간이나면 학교 유리창을 닦는 시골 초등학교 교장 선생님 이야기가 실렸다. 고모님이 어쩌다 그 기사에서 아버지 이름을 발견하시고는 오려두고 여태도 보관하신다. 아버지는 1992년에 중약국민학교에서 44년 교직생활을 마치고 정년퇴직을 하셨다. 동료 교사 몇 분과 함께 조촐하게 퇴임식을 하는 자리에서, 내가, 아버지 44년 교직생활 마무리를 축하하는 시를 한 편 써서 읽었다. 아버지도, 우리 형제들도, 함께 하셨던 선생님들도, 다들 몰래몰래 눈을 닦았다.

수많은 죽음의 고비에서 단 한번만 잘못되셨어도, 나도 우리 형제들도 태어나지 못했을 거고, 이 많은 이야기들도 생겨나지 않았을 것이다. 오늘따라 이천 국립호국원에 잠들어 계시는 아버지가 몹시 그립다.

아버지의 정년퇴임을 맞아

옛 일이 생각이 납니다.
아버지 어린 시절에
동무들과 함께 찍으신 사진을 보며
내가 언제 이런 사진을 찍었느냐고 묻던,
웃으셨지요, 아버지도 어머니도,
그건 아버지 사진이라고 하시며.

그 아버지의 아들인 저도 이제는
어린 시절이 다 가고,
이제는 아버지의 손녀 손자들이

그 시절을 맞았네요.

아버지 제자의 자녀들도 이미

어른이 다 되었다 하니,

참으로 오랜 세월이 지났네요.

44년 8개월,

눈만 감으면 그 긴 세월도

잠깐 사이에 머릿속을 스쳐 지나가시겠지만,

그 긴 인생이 벌써 이렇게 지났네요.

해방이 왔다고 좋아하기도 전에

삼팔선이 갈라지고,

그때 함께 공부하던 동무들은

남북으로 갈렸다고 하셨지요?

남쪽에서

성실한 교사로 한 평생을 보내시고

공직을 떠나시는 오늘 같은 날,

혹 북쪽에서도

아버지의 어릴 적 동무 누군가가

이런 시골 학교에서

한 평생을 교사로 지내시다가

오늘처럼,

이렇게 귀한 손님들과

동료 선생님들의 축하를 받으며,

정년퇴임을 할까요?

그 아들 누군가가 저처럼 장성해서

아내와 아이들을 데리고

아버지 계시는 학교를 찾아갈까요?

성실하고 검소하신 아버지 덕분에,

적은 월급 쪼개어 쓰며 애쓰신 어머니 덕분에,

우리들 네 형제는

큰 어려움 모르고 이렇게 자랐습니다.

형이 입던 옷을 물려 입지 않으려고

떼를 쓴 일도 있었고,

떨어져서 기운 내복을

볼을 받아 기운 양말을

싫어하던 때도 있었지요.

사형제가 함께 깔고 덮던 이불이

잠깐 사이에 작아져서

둘이서도 덮을 수가 없었던가요?

피난처는 없었다

이발 기계를 사다가

사형제 머리 손수 깎고 찍으신 흑백 사진은

지금도 사진첩 속에 남아 있지요?

참으로 긴 세월을

한결같이 검소하고 성실하게 살아오신

아버지를 사랑합니다.

아버지와 함께 일하시던

정 선생님, 이 선생님, 전 선생님,

이렇게 많은 선생님들이,

훌륭하신 선생님이라고,

아버지를 좋게 말할 때에,

속으로 얼마나 좋아했는데요.

아버지께서,

함께 일하시는 선생님들 자랑을 하실 때에도

정말 저는 좋아했어요.

꼬맹이 학생들의 인사를 반갑게 받으시는

선생님들과 함께 학교 앞 주막에서

막걸리를 드시고 소주를 드시는

아버지의 모습을

또 얼마나 좋아했는데요.

아, 이렇게 정을 나누며

서로를 아껴 가며

학교를 지켜 가는구나,

세상이 온통 어디론가 달려가는 시대에,

아무도 귀하게 여기지 않는 시골 학교를

정말 이렇게 귀하게 지켜 가시는구나,

하고 생각하며,

얼마나 자랑스러웠는데요.

아버지를 따라

학교를 네 번씩이나 옮긴 저는

남들보다 네 배나 많은 추억이 있답니다.

네 배나 많은 동무들이 있답니다.

하지만 아버지,

이제 다시는

그렇게 단칸 셋방을 옮겨 다니며

그렇게 학교를 옮겨 다닐 일이 없겠네요.

아버지 계시는 학교를 찾아올 일이

이제 다시는 없겠네요.

하지만 아버지,

아버지자 홀가분하게 학교를 떠나서도,

아버지 계시던 자리에

계속 훌륭한 선생님들이

뒤를 잇고 잇겠지요?

그 선생님들의 자녀들도 저처럼

여러 학교를 옮겨 다니며

아름다운 꿈을 키우겠지요?

아름다운 추억을 가꾸어 가겠지요?

그 선생님의 제자들이

저보다 훌륭하게 자라나겠지요?

통일도 이루고,

이 나라 이 땅을

사람 살 만한 세상으로 만들 훌륭한 제자들이

자꾸자꾸 자라나겠지요?

아버지의 손때가 묻은 모든 학교에서

이 나라 방방곡곡에서

자꾸자꾸 자라나겠지요?

그렇지요, 아버지?

아버지가 마음을 놓고

아주 홀가분하게 정든 학교를 떠나서도

훌륭하신 선생님들이

자꾸자꾸 뒤를 잇겠지요?

정말 그렇지요, 아버지?

강봉구

아버지라는
이름으로

아버지는 다른 형제들에 비해 가난했다. 똑같이 공무원이었던 다른 형제들은 현직에 있으면서 집도 사고 땅도 샀지만 아버지에게는 시골집 달랑 한 채와 연금이 재산의 전부였다. 그 집도 매년 이사를 해야 했던 외동딸의 처지를 안쓰러워하시던 외할머니가 사준 것이니 온전하게 아버지의 힘은 아니었다. 그러나 아버지는 남들에게는 좋은 사람이었다. 성품이 착하고 글씨를 잘 썼으며 옳은 말을 잘한다고들 했다. 하지만 그것이 우리 가족에게 밥을 가져다 주지는 못했다. 특히 어머니에게 아버지는 좋은 남편은 아니었던 듯하다. 그러니 육남매의 눈에도 좋은 아빠이진 못했다. 특히 장남이었던 내게 아버지란 존재는 한편으로는 부담스럽고, 한편으로는 무능의 상징이었다.

"넌 장남이라 그런지 아버지를 꼭 닮았다. 내가 세상에서 제일 싫어하는 말이었다."

강봉구

고등학생 때는 공부만 잘하면 좋은 대학도 가고, 좋은 직장도 얻고, 예쁜 여자와 결혼해서 잘 살 수 있다고 굳게 믿었다. 가지 말라는 길에는 얼씬도 안 했다. 대학 입학 후 세상에 눈을 뜨고 나서야 고등학생 때 가졌던 믿음이 허황된 것임을 깨달았다. 그 후론 가지 말라는 길로만 다녔다.

대학 졸업 후 출판사에 취직해서 결혼을 하고 두 딸을 낳고 대출받아 아파트도 샀으나 아직도 그 빚을 다 갚지 못했다. 책 만드는 일을 좋아해서 여러 곳의 출판사에서 영업, 기획, 편집, 제작 일을 두루 경험했다. 마흔을 훌쩍 넘긴 나이에 출판사를 창업했고, 청소년 출판을 제대로 해보겠다며 교육대학원에 들어가 국어교육을 공부했다.

오랜 서울 생활을 청산하고 파주 헤이리로 출판사를 옮긴 후 오전에는 책을 포장하고, 오후에는 책 만드는 일을 하는 한편으로 주말에는 공주에 마련한 주말편집실에서 좋은 친구들과 함께 계속 뭔가를 도모하고 있다.

아버지의 월급날
노란 봉투는 비어 있었다

와장창.

중학생이 되기 전까지 아버지 월급 다음 날 아침이면 들어야 했던 소리다. 한 달에 한 번. 그렇게 새벽이슬 맞고 도둑처럼 스며든 아버지가 아침 밥상을 뒤엎곤 하셨다. 노오란 노른자가 살아 숨쉬는 하얀 쌀밥, 콩나물국, 김치며 다꾸앙, 콩자반들이 뒤엉켜 방바닥으로 내동이쳐질 때마다 나는, 어떠한 의성어로도 표현하기 힘든 절망에 시달렸다.

　아침 밥상에서 아버지가 숟가락 뜨기만을 기다리던 육남매는 숟가락을 놓고 슬며시 안방을 빠져나와야 했다. 그리고 마루 위에 가지런하게 놓인 도시락만 챙겨 들고 이른 등굣길을 재촉해야만 했다. 등교하고 난 다음의 일을 우리는 알지 못한다. 아버지는 부실해 보이는 노란 월급봉투를 헝클어진 밥상 무덤 위에 내팽개치고 어머니가 챙겨 놓은 속옷과 와이셔츠를 갈아입고는 뒤도 돌아보지 않은 채 녹색 오토바이를 타고 일터로 나갔을 터이다. 어머니는 봉투 속의 지폐는 세어 보지도 않은 채, 속울음을 삼키며 폐허 더미 위의 밥이며 반찬을 주워 담고, 헤진 메리야스로 만든 걸레로 안방을 훔치고 또 훔쳤을 것이다. 그리고는 아침 밥상에서 아직은 먹을 만한 반찬거리를 걸러내 찬밥에 물 말아 눈물의 아침밥을 드셨을 터이다.

　아버지 월급날 아침의 풍경이다. 매년 그랬을 리는 없지만 그 장면 장면 하나는 금방이라도 재현할 수 있을 것처럼 뇌리에 또렷하게 박혀 있다. 아버지는 공무원이었지만 양담배를 즐겼으며, 제대로 된 월급봉투를 어머니께 가져다준 적이 없었다. 전등을 간다거나, 집안 청소를 한다거나, 가족여행을 간다거나 하는, 자상한 가장의 모습은 더욱 아니었다. 그 시대 우리들의 아버지는 대부분 그러했을 것이라고 위안을 삼을 뿐이다.

가끔 육남매가 모이는 날에 술이라도 한잔 들어가면 각자 조금씩은 다른 아버지를 회상하는데, 대체로 그날 아침 밥상의 기억만큼은 비슷하다. 너무 심한 원망이 아닌가 싶어 서로의 눈치를 볼 뿐 육남매 중 어느 누구도 아버지를 두둔하지는 않는다.

어머니가 돌아가신 후 혼자서 육남매를 교육시키고 결혼까지 시킨 고마움에 대한 기억이 없지는 않지만, 아버지로서, 남편으로서 무책임했던 기억들이 먼저 가로막는다. 그리고 쉰셋이라는 이른 나이에 먼저 자식들을 떠나야 했던 어머니에 대한 그리움과 안타까움으로 그저 눈시울만 뜨거울질 뿐이다. 우리 육남매에게 아버지란 그런 존재였다.

아버지의 사기(?) 결혼
그리고 외갓집

지금이야 공무원이 최고의 직업처럼 대우받지만 아버지가 공무원이었던 시절에 '박봉'이라는 단어는 공무원을 상징하는 수식어였다. 교사의 급여도 일반 공무원과 크게 다르지 않았지만, 그래도 교사라는 이미지가 신랑감 직업으로는 괜찮았나 보다.

"교사로 알고 시집왔더니 말단, 그것도 농촌지도소 계장이었어."

어머니의 그 말씀에 비추어 보면 아버지는 직업을 속이고 결혼한 것이다. 그래서 그랬을까. 아버지와 어머니의 결혼생활은 행복해 보이지 않았다. 딸 하나 낳아 놓고 가출하여 돌아오지 않는 남편을 기다리며 혼자 농사를 지었던 외할머니의 도움으로 굶지는 않았으나 어머니는 박봉의 월급을 쪼개고 쪼개 육남매를 가르쳤다. 천안에서 양조장 사업으로 큰돈을 번 외할아버지의 도움을 기대해 볼 법도 했지만 어머니는 평생 외할아버지를 입에 올리지 않았을 뿐더러 손도 내밀지 않았다. 외할아버지가 돌아가신 후 남긴 유산마저 상속을 포기했으니 어머니의 외할아버지에 대한 미움이 어느 정도였는지 짐작이 간다.

어머니는 집안에서 맺어 준 인연을 소중하게 생각하던 외할머니와 철없던 외할아버지 사이에서 첫딸로 태어났다. 어머니를 낳은 후 고향을 떠난 외할아버지는 환갑을 넘겨서야 상여소리와 함께 고향으로 돌아왔다. 보령에서 내로라하는 집안에서 태어난 외할아버지는 나중에 양조장으로 큰돈을 벌었지만 외할머니와 혼인을 할 무렵에는 면장집 다섯째 아들에 불과했다. 선장면 면장의 셋째 딸이었던 외할머니는 나이 열아홉에 세 살 아래의 코흘리개를 남편으로 맞이했다. 외할머니 말고도 네 명의 아내와 십수 명의 자녀를 더 둔 외할아버지 때문에 어머니는 평생 아버지를 아버지라

부르지 않았단다.

천안에서 꽤 알려진 재력가였던 외할아버지가 어머니께 물려 준 것은 고혈압이라는 가족력 말고는 아무것도 없었다. 더구나 성실할 줄 알았던 남편마저 손에서 화투를 놓지 못했다. 거기다가 어머니는 남포에서 혼자 사시던 외할머니 농사일을 도와야 했고, 또 육남매까지 챙겨야 했으니 몸과 마음이 성할 날이 없으셨을 터이다. 그런데다가 딸 셋을 낳고 어렵게 얻은 큰아들마저 대학에 진학하자마자 공부는 안 하고 데모에 휩쓸렸으니, 걱정이 태산이셨다. 그랬다. 내 나이 스물, 대학 1학년 때 어머니는 외할아버지의 유산인 고혈압을 이기지 못하고 돌아가셨다. 나 때문에 어머니가 돌아가셨다는 죄책감이 압도했던 시절이었다.

경찰서 유치장에서 만난 아버지는 내게 아무 말도 하지 않았다

1985년의 대학가는 시골에서 모범생인 줄만 알고 자랐던 나에게 감당하기 어려운 시련을 주었다. 스무 해 동안 배워 왔던 모든 진실이 무너지던 순간, 교사가 되길 원했던 어머니의 바람도 저버린 채 최루탄 가스가 쏟아지는 스크럼에 뛰어들어야 했다. 그런 나

의 변화는 가족과 집안 어른들을 당황시켰지만 내 젊은 혈기를 말
리지는 못했다. 그해 어머니는 외할아버지가 물려 준 지병으로 쓰
러진 뒤 한 달을 넘기지 못했다. 어머니가 돌아가신 후 본격적으로
학생운동에 뛰어들었고, 그러던 어느 날 나는 화염병을 든 채 아스
팔트 위에 서 있었다. 가슴에 유서를 품고 다니던 시절이었다.

그렇게 함께 스크럼을 짰던 선후배들이 하나둘 사라지던 무렵,
결국 박종철 열사가 안기부 대공분실에 잡혀가 고문을 받다가 죽
임을 당하였다. 이것이 도화선이 되어 1987년 민주항쟁이 활화산
처럼 타올랐고, 6·29 선언으로 민주화가 다 된 것 같은 분위기가
조성되었다. 하지만 민주화의 물결이 87년 노동자대투쟁으로 이
어지던 그 찰나. 대우조선 노동자였던 이석규 열사의 죽음을 규탄
하는 시위에 참여했다가 나는 처음이자 마지막으로 경찰에 잡히
는 신세가 되었다. 남대문경찰서에서 영등포경찰서로, 거기서 다
시 구로경찰서로 옮겨 다니면서 불시에 자취방이 털리고, 불온서
적과 팜플렛이 발각되었다. 국가보안법을 피할 수 없게 되었다.
함께 잡혀 온 학생과 노동자들이 다 풀려났는데도 나만 덩그러니
유치장에 남게 되었다.

'선배들이 말하던 그 날이 이런 식으로 오는 건가? 국가보안법? 2
년? 아, 나는 과연 무시무시한 고문을 견뎌 낼 수 있을까?'

그런 불안 속에 닷새가 지났고 그 사이 경찰서 화장실을 오가며 온갖 구타와 협박에 시달려야 했다. 내 생애 그렇게 무차별로 맞아 본 것은 처음이었다. 당연히 구속을 각오해야 했다. 멍든 가슴 만지며 불안한 미래를 걱정하며 구속영장만을 기다리고 있을 무렵이었다.

"너 나와! 정보과장님이 보자고 하신다."

유치장에서 3층 정보과장실로 올라가는 길은 마치 지옥문으로 향하는 길처럼 길고 두려웠다. 무거운 발걸음을 옮겨 정보과장 앞에 죄인처럼 꿇려 앉았다.

"얼굴 펴라. 너, 임마! 이제 여기 나가면 데모하지 말고 열심히 공부나 해."

"… ."

"아버님이 공무원이셨고, 집안에 공직자분들도 많고, 안기부에도… 그런 놈이 데모 같은 데 쓸려다니고 그러면 되겠어?"

"…."

"넌 꼼짝없이 구속감인데… 네 아버지를 봐서 훈방 조치하는 거야. 알았어?"

"… ."

"어라? 대답 안 해? 콩밥 먹고 싶어?"

그래도 콩밥만큼은 피하고 싶었다. 솔직히 콩밥보다 더 두려운

아버지라는 이름으로

건 박종철 열사처럼 안 되리란 법이 없었던 고문이 횡횡하던 시대였다.

"… 알겠…습니다."

지옥의 문턱에서 살아나온 느낌이란 게 이런 걸까? 정보과장은 부하 직원에게 나를 현관까지 배웅하라고 했다. 구로경찰서 현관문을 열고 햇빛을 만끽하려는 순간 동생의 손에 들린 두부와 눈이 마주쳤다. 아버지는 현관을 등지고 뒷짐을 진 채 애써 나와 눈을 마주하지 않으셨다.

"형, 이거 받유. 그래도 빵에서 나왔으니 두부는 먹어야지."

아버지는 아무 말이 없었고 나 역시 아무 말도 할 수 없었다.

"형… 아버지가 힘 많이 썼어. 형 빼내려고… 그러니까 이제 데모는 그만하고, 고향으로 내려가 쉬었다가 군대나 가서. 나도 휴학계 냈어."

아버지는 구로경찰서에서 영등포역으로 가는 택시 안에서도, 대천으로 내려오는 무궁화호 기차 안에서도, 그리고 집에 와서도 아무 말이 없으셨다.

그러나 나는 서울로 다시 가야 했다. 선후배들이 내 소식을 궁금해했을 터이고, 난 소위 오르그(조직)의 멤버였기 때문이었다.

"아버지… 감사합니다. 그래도 전 학교로 돌아가야 합니다."

"…."

"등록금도 낸 상태이고, 군대 가는 거는 2학기 마치고 결정하겠습니다."

"나는 네가 군대에 갔으면 좋겠다."

아버지는 그 말씀 이외는 더 이상 더 보태지 않으셨다. 다시 대천역에서 서울행 무궁화호에 몸을 실었다. 서울로 다시 올라와 일상생활을 시작했지만 내가 다니던 학교는 당시 운동권 노선을 둘러싼 분열이 심하던 사상투쟁의 한복판에 있었다. 하루아침에 아무 설명없이 노선을 바꾼 선배들은 나에게 다른 사상을 강요했고, 몇 안 되던 후배들마저 조직을 떠나 새로운 노선으로 갈아탔다. 나와 친구들은 고립되었고, 그 고립을 견디지 못한 나는 다음 해 휴학계를 내야 했다.

하지만 내가 정작 휴학계를 낸 솔직한 심정은, 아버지가 등록금에 달하는 돈을 정보과장에게 주고 나를 빼왔다는 사실을 알게 되고, 그것에 대한 부끄러움 때문이었는지도 모른다. 아버지에 대한 고마움보다는 치욕감에 몸을 떨던 스무 살 시절이었다.

아버지라는 이름으로

군대, 관심사병 그리고
아버지의 재혼

자발적인 입대였지만 여전히 나는 관심사병이였다. 운동권 전력을 국군 기무반에서 샅샅이 통보했기 때문이었다. 그렇지만 군대도 사람 사는 곳이었다. 여기저기 감시의 눈길이 있었지만, 그런 것에 무감각했던 성격 탓에, 감시의 눈길을 크게 느끼지 못한 채 군생활을 마감할 수 있었다.

"강 병장, 너 때문에 얼마나 힘들었는지 아냐? 임마, 술 한 잔 따라 봐라."

작전과 선임하사가 자기 집으로 부른 회식 자리에서 한 말이다. 선임하사는 내 일거수일투족을 날마다 기무반에 보고해야 했다고 한다. 그러면서 사고 안 치고 제대해 주어서 고맙다고까지 했다. 씁쓸한 칭찬이었다.

그보다 더 씁쓸했던 일은 제대 며칠 전에 천안에서 간호사로 일하던 작은누님에게서 온 편지였다. 난데없는 아버지의 재혼 소식이었다. 언젠가 재혼을 시켜 드려야 한다는 의무감 같은 게 있었지만 군대에 있을 때 아버지가 재혼할 거라는 것을 상상해 보지도 않았다.

봉구야.

너는 알고 있어야 할 것 같아서 미리 편지한다. 네가 제대한 후 돌
아온 집에 낯선 여자가 있다는 것을 알아야 할 것 같아서야. 아버지
가 결국 재혼을 하셨다. 큰아들한테는 알려야 하지 않겠냐고 우리가
따졌지만 아버지는 막무가내셨어. 미안하다. 그리고 네가 아버지를
이해해 주길 바란다. 몸 조심히 지내다가 건강하게 제대해서 보자.

천안에서 작은누나가

편지를 다 읽고 나서야 몇 달 전 면회를 온 아버지의 표정이 떠
올랐다. 제대를 한 달가량 앞둔 시점에, 아버지와 동생들, 작은누
나 그리고 곧 작은누나와 결혼할 예비 매형까지, 뜻밖의 면회를 온
적이 있었다. 아마도 그때 아버지는 내게 자신의 재혼 사실을 알리
려고 온 것 같았다. 몇 번이나 무슨 말인가를 꺼내려고 망설이던
아버지 모습이 생각났다.

'아, 그랬구나. 그때 말씀하시려고 했구나. 그래도 큰아들인 내
게 상의 정도는 했어야 하는 거 아닌가? 아니 상의는 아니더라도
최소한 알려야 하는 거 아닌가?'

마음을 다잡으려고 아무리 애를 써도 잘 되지 않았다. 탈영까지
생각한 것은 아니었지만 심란한 마음을 감당할 수 없었다. 그러니
까 아버지는 어머니 돌아가신 후 5년을 혼자 사시다가 재혼을 하

아버지라는 이름으로

신 것이다. 어느 집안보다 형제가 두터웠던 아버지 형제들은 상처한 후 혼자 사는 형제에 대한 애틋함 때문에 아버지의 재혼을 서둘렀을 것이었다. 육남매 역시 아버지께 어울리는, 좋은 분이 있다면 언제든 재혼을 하시는 것이 당연하다고 생각은 하고 있었지만 그래도 서운함을 숨기기 힘들었다. 제대 후 아버지와 나, 새어머니, 이렇게 세 사람의 불편한 동거가 시작되었지만, 아버지와 한 마디의 말도 섞지 않은 채 세 달이 흘렀다. 그 서운함을 견디기 어려운 스물다섯 살이었다.

장남이라는 이름의 무게와
아버지라는 이름의 무게

아버지의 두 번째 결혼 생활은 순탄하지 않았다. 나 역시 제대 후 새어머니께 적응하려고 했지만, 머리와 몸은 도대체 따로 놀기만 했다. 너무 일찍 돌아가신 어머니에 대한 그리움과 장남에게 통보도 없이 새장가를 간 아버지에 대한 원망 때문에 새어머니를 온전하게 새어머니로 받아들이기 힘들었다. 더구나 어머니가 일찍 돌아가신 것은 순전히 아버지의 무능 때문이라는, 아버지에 대한 원망이 너무나 컸었다. 하지만 집안 문제에서만큼은 장남이라는 무게가 늘 내 어깨를 짓눌렀다. 그래서인지 다른 형제들과 아버지 사이에서 난 늘 조정자 역할을 할 수밖에 없었다. 그런 노력에도 불구하고 5년 만에 아버지는 스무 살이라는 나이 차를 극복하지 못하고 새어머니와 이혼서류에 도장을 찍고 말았다. 그 무렵 나는 결혼을 했고, 신혼이었고, 아내는 큰 딸아이를 임신하고 있었다. 남녀의 이혼 과정이란 게 어찌 순탄할 수 있겠는가. 시부모 이혼이라는 그 신산한 과정을 아내는 불편한 몸을 이끌고 한 마디 불평 없이 감내했으니 아내에게 참 미안한 일이다. 아내는 만삭의 몸으로 매주 서울에서 대천을 오가며 아버지 이혼 문제를 매듭짓는 과정을 함께했다.

아버지의 이혼은 곧바로 아버지 부양 문제로 옮겨갔다. 장남이니까 혼자 되신 아버지를 모셔야 한다며 아내를 설득해 어렵사리 아버지를 서울로 모셔왔다. 쉬운 일은 아니었지만 처갓집에서도 이해해 주셨고, 아내 역시 잘 견뎌냈다. 하지만 문제는 예상치 못했던 곳에서 터졌다.

누이들과 막내동생은 가끔 장남과 큰며느리가 아버지를 잘 모시지 못한다며 불만을 표시하곤 했다. 어머니가 일찍 돌아가셔서 친정이 없었던 누이들과 중학교 1학년 때 어머니를 여의어 어머니 사랑을 제대로 받지 못한 채 사춘기를 보냈던 막내동생이었기에 나는 이해하려고 노력했다. 하지만 아내는 달랐다. 형제지간에 다투는 날들이 많아졌고, 부부싸움도 늘어만 갔다. 그나마 위안이 되

아버지라는 이름으로

었던 건 나와 두 살 터울인 둘째 동생 부부였다. 누이들과의 갈등이 커져 가자 둘째 동생이 아버지를 자기가 모시겠다며 선뜻 나선 것이었다. 그렇게 아버지는 큰아들 집에서 작은아들 집으로 거처를 옮겨야만 했다.

아버지와 함께 살면서 겪었던 일들을 기록하자면 한 권의 소설로도 모자라다. 아버지는 그렇게 큰아들 집에서 10년, 작은아들 집에서 5년을 사시다가 폐암 선고를 받았다.

아버지가 폐암 선고를 받을 무렵에 나는 다니던 회사를 그만두고 새로운 사업을 준비하고 있었다. 아버지의 남은 생이 8개월뿐이라는 의사의 사형선고(?) 앞에서 그 무엇이라도 아버지를 위해서 해야 한다고 생각했다. 어쩌면 '불효자라는 낙인'을 지우고 싶었는지도 모른다. 하지만 아버지의 마지막을 함께함으로써 큰아들로서의 명예를 되찾고 싶다는 나의 제안을 아내는 냉정하게 거절했다. 아내가 흔쾌히 수락할 것이라고 기대하지는 않았지만 그래도 서운했고 또 서운했다. 그 주체할 수 없었던 상실감은 나를 성당으로 이끌었고, 그 안에서 잠시나마 마음의 평화를 얻을 수 있었다.

아버지를 닮았다는,
세상에서 가장 싫었던 말

아버지는 1928년생이다. 성격이 급해 모든 일을 서두른다는 의미의 '서들이'라는 별명을 갖고 계셨다. 평생 공무원으로 일한 덕에 전두환 대통령에게 훈장증까지 받았다. 난 늘 그게 불편했지만 아버지는 그 훈장증을 방안 잘 보이는 곳에 놓아 두셨다.

아버지 형제들 중에는 유난히 공무원이 많았는데, 정년까지 마친 분은 아버지와 막내 작은아버지뿐이었다. 나머지 형제들은 대부분 중간에 그만 두었거나 시대의 격랑을 비키지 못하고 중도 하차하셨다. 특히 아버지의 큰형님은 일제 강점기 일본 학도병으로 만주로 끌려가 구사일생하여 돌아와 공무원이 되었지만 박정희 대통령 시절, 다방에서 정부를 험담했다는 이웃의 밀고로 옷을 벗어야 했다고 한다.

어쨌든 아버지가 정년까지 잘 마쳤다는 것은 한동안 우리 집에서는 무능한 아버지의 표상이었다. 다른 형제들은 집 사고 땅 사고 떵떵거리며 사는 동안 아버지에게는 월급 이외의 다른 수입은 없었다. 특히 누나들은 육성회비 걱정에 학교 가기를 꺼려 했으니 아버지에 대한 원망이 작지 않은 게 이상할 정도였다. 우리는 아버지를 통해 정직하고 착함과 무능은 같은 단어였다는 것을 몸소 체험

하며 자랐다.

아버지는 다른 형제들에 비해 가난했다. 똑같이 공무원이었던 다른 형제들은 현직에 있으면서 집도 사고 땅도 샀지만 아버지에게는 시골집 달랑 한 채와 연금이 재산의 전부였다. 그 집도 매년 이사를 해야 했던 외동딸의 처지를 안쓰러워하시던 외할머니가 사준 것이니 온전하게 아버지의 힘은 아니었다. 그러나 아버지는 남들에게는 좋은 사람이었다. 성품이 착하고 글씨를 잘 썼으며 옳은 말을 잘한다고들 했다. 하지만 그것이 우리 가족에게 밥을 가져다 주지는 못했다. 특히 어머니에게 아버지는 좋은 남편은 아니었던 듯하다. 그러니 육남매의 눈에도 좋은 아빠이진 못했다. 특히 장남이었던 내게 아버지란 존재는 한편으로는 부담스럽고, 한편으로는 무능의 상징이었다.

"넌 장남이라 그런지 아버지를 꼭 닮았다."

내가 세상에서 제일 싫어하는 말이었다.

말하지 않음으로써
길을 가르쳐 준 아버지

아버지는 내게 단 한 번도 뭘 하라고 한 적이 없었다. 일등을 강

요한 적도, 돈을 많이 벌라는 이야기도, 그 어떤 요구도 없었다. 뭐가 되라고 한 적도 없었다. 어떤 때는 그런 아버지가 뜨악하기도 했다. 하지만 지금 어렴풋이 아버지를 이해할 것도 같다. 아니 어쩌면 아버지의 그런 성품이 오늘 우리 육남매를 길러 냈는지도 모르겠다.

아버지가 돌아가시기 전날 밤, 다행히도 나 혼자 아버지 곁을 지키게 되었다. 의사 선생님이 마음의 준비를 하라고 일러 두었던 터라 매일 밤이 마지막 밤일 수 있다고 생각은 하고 있었지만 그 밤이 정말 마지막 밤이 될 줄은 몰랐다.

나는 아버지와 아주 긴 대화를 나누고 싶었다. 가족에게 무능하게만 보였던 아버지를 많이 미워했다고, 장남에게 통보 한 마디 없이 재혼하는 아버지가 세상에 어디 있냐고, 장남과 큰며느리를 왜 힘들게 했냐고 따지고 싶었다. 그러면서도 어머니를 일찍 보내고 육남매 뒷바라지하시느라 고생 많으셨다고, 아버지라는 이름의 무게를 팔십 평생 견디시느라 고생하셨다고, 착하게 키워 주셔서 감사하다고, 그렇게도 말하고 싶었다. 하지만 끝내 그 말은 입밖으로 나오지 않았다. 말을 한다고 해도 알아들으실 만한 상태가 아니었다.

의식은 희미해져 갔고, 몇 차례 삶과 죽음의 경계를 넘나들었다.

적막했던 요양병원의 그 밤, 아버지에 대한 설움과 미움과 동정과 미안함을 눈빛에 담아 한꺼번에 아버지에게 전했다. 가끔은 알아챈 듯 눈을 꿈벅거리기도 했고, 가끔은 맞잡은 손에 미세한 기운이 느껴지기도 했다. 밤새 혼자서 그 많은 세월 동안 쌓인, 말할 수 없는 감정들을 쏟아 냈다. 그걸 다 들으셨기 때문이었을까? 아버지는 다음 날 점심이 오기 전에 마지막 숨을 거두셨다.

다시 불러 보고 싶은
아버지라는 이름

아버지가 돌아가신 지 벌써 7년이 흘렀다.

"자네가 강소장 아들인감? 아부지를 닮아서 그런지 착하게 생겼네 그려….."

"그 양반 참 착했는디… 아직 건강하시지?"

어머니의 고향, 남포 효방마을에 자리잡은 외할머니 산소에 갈 때면 가끔 어머니의 어린 시절 추억이 묻어 있는 외갓집에 들린다. 지금은 아무도 살지 않아 폐허인 그곳에서 어머니, 외할머니 그리고 아버지의 추억을 찾기 위해서다. 아버지의 안부를 묻던 옆집 허

씨 아저씨의 질문에 아무 대답도 못하고 왈칵 쏟아지려는 눈물을
애써 참고만 있었다.

　농촌지도소에 근무하셨기 때문일까? 아니면 붙임성이 좋은 천
성 때문일까? 아버지는 어머니, 외할머니보다 더 어머니의 고향
어르신들과 더 친했다. 녹색 오토바이를 타고 논두렁을 질주하는
아버지 모습이 금방 소환된다.

　착하다는 말이 아직 귀에 거슬리지만 효방마을 곳곳에 남아 있
는 아버지의 흔적이 어쩌면 진짜 아버지 모습일지도 모르겠다는
생각이 든다. 내가 알던 아버지의 모습은, 아버지의 일부분의 모습
일지도 모른다는 생각도 든다. 허씨 아저씨를 통해 내가 잘 몰랐던
아버지에 대한 기억이 소환된다. 기쁨이다. 가족에겐 한없이 무능
했던 아버지의 새로운 모습을 만나는 것이다.

　아버지는 농촌기술직 공무원으로 나라의 녹을 먹으면서 부정한
일을 하거나 직위를 이용해 축재하지 않았고, 육남매 또한 착한 인
생들로 키우셨으니, 그것만으로도 아버지 이름 앞에 '존경하는'이
라는 수식어를 붙여도 되지 않을까 한다. 아버지는 자식들에게 부
를 남겨 주지는 못하셨지만 남기지 않음으로써 형제간에 우애할
수 있게 해 주셨고, 말하지 않음으로써 자식들에게 인생의 길을 가
르쳐 주셨다.

　끝내 아버지와 화해하지 못했지만 화해란 말이 과연 가당키나

할까? 수고하셨다는 말, 고생하셨다는 말, 감사했다는 말, 그 말을 전하지 못한 것이 못내 고통스러울 뿐이다. 말 한마디라도 따뜻하게 건네지 못한 게 한으로 남아 제삿날마다 아버지 사진을 보면 그저 콧등만 짠해 온다.

류지남

은행나무 그늘에
앉으면

잿빛 두루마기를 걸치고 중절모자를 쓰신 아버지와 까만 교복을 입은 소년을 실은 버스가 천안에 도착했을 때는 회끗회끗 초겨울의 눈발이 흩날리고 있었다. 학교에 들러 예비 소집을 마치고 난 뒤, 난생 처음 단둘이 마주앉아 짜장면을 먹었던가. 그리고 질척거리는 길을 걸어 차부(터미널) 근처에 허름한 여인숙 방을 얻어 들어갔다. 그 여인숙은 2층 목조건물로, 방과 방 사이의 벽이 얇은 합판으로 막혀 있었다. 복도 역시 나무 마루로 돼 있었는데, 발을 디딜 때마다 삐걱거리는 소리가 나는 바람에 화장실 가는 일도 신경이 쓰였다.

한편 그동안 농사일을 거들 때 말고는, 별달리 대화 같은 것을 나눠 본 적이 거의 없었던 칠순 노인과 열일곱 살 아들의 낯선 동침이란 참 어색하기 짝이 없었다.

류지남

충남 공주에서 태어나 교사가 되고자 공주사범대학 국어교육과를 다녔다. 산골 중학교 교사를 시작으로 공주와 청양 지역의 시골 학교에서, 아이들과 더불어 책을 읽고 글을 쓰면서 살고 있다.

시골에서 사는 것이 좋아, 아직도 태어난 시골집에서 풀과 나무와 산을 벗삼아 살아 가고 있다. 젖소를 키우는 형님네와 한 집에 더불어 살면서 가끔씩 소똥을 치우기도 한다.

현재 공주마이스터고등학교 국어 교사로 일하고 있으며, 충남작가회의 회원으로 활동하고 있다. 시집으로 『내몸의 봄』(2001, 내일을 여는 책)과 『밥꽃』(2016, 작은 숲)이 있다.

아빠, 혹은 아버지라는
이름에 대하여

    초등학교 1학년 무렵이었을 것이다. 도대체 손끝 하나 움직이기가 힘들 정도로 몸이 아파 죽은 듯이 누워 있어야 했다. 지독한 감기에 걸려서 그랬을 것인데, 정말 이렇게 아프다 죽는 것이 아닌가 하는 생각마저 들 정도였다. 그렇게 일주일가량을 비몽사몽 헤매던 어느 날, 문득 이마를 만지는 서늘한 손 기운이 느껴져서 겨우 눈을 떴을 때였다. 주름이 자글자글한 할아버지의 얼굴이 걱정 가득한 눈으로 가만히 나를 내려다보고 있었다. 겨우 정신을 차리고 보니 그 할아버지가 바로 우리 아버지였다. 아버지는 물수건으로 바싹 말라붙은 내 입술을 적신 다음 귤을 하나 까더니 그 즙을 짜서 내 입안에 흘려 주셨다. 아마도 내가 귤을 씹을 힘조차 없었기에 그러셨을 것이다. 등잔불과 더불어 살던 산골 아이에게 귤을 먹어본다는 것은 먼 남의 나라 얘기 같은 것이었다. 그런 귀한 과일을 아버지라는 사람이, 앓아누운 막내아들에게 손수 그 즙을 짜서 먹이고 있던 것이다.

순간, 나도 모르는 사이 눈물이 핑 돌았다. 여러 날 아파 누운 신세가 서러워서 그랬는지, 아니면 처음 맛보는 새콤달콤한 과일과 함께 다가온 아버지의 느닷없는(?) 사랑 때문이었는지는 몰라도, 눈물이 꾸역꾸역 흘러내렸다. 이런 아들을 물끄러미 바라보던 아버지가 이번에는 손바닥으로 내 눈가를 닦아 주시는 게 아닌가. 손을 움직일 수도 없었기에, 그냥 그런 아버지의 낯선 손길을 가만히 느끼고 누워 있을 뿐이었다. 아마도 그런 아버지의 모습을 본 것이 거의 처음이자 마지막이었을 것이다. 그때까지 나에게 아버지라는 이름은 큰 나무처럼 높고 어려운 사람이어서, 왠지 살갑게 다가가기도 힘들고, 함께 있는 시간에는 늘 조금씩 긴장하기조차 했었기 때문이다. 이제 아버지의 눈과 마음으로 돌이켜 짐작해 보건대, 당신께서는 아마도 '너무 늦은 나이에 낳은 자식이라서 저 아이가

저리 아픈 것은 아닐까' 하는 생각에 더욱 애처로운 눈으로 나를
바라보았을 것도 같다.

시집 장가 갈 나이가 된 성인들까지도 '아빠'라고 부르는 것이 대
세인 요즘의 세태로 보면, 위와 같은 아버지와 아들이 빚어내는 풍
경을 선뜻 이해하기가 힘들지도 모르겠다. 하지만 옛날에는 거의
다 '아버지'만 계셨지 '아빠'라는 살갑고 다정한 이름을 꿈에서조차
불러 본 적이 없다. 나로 말하면 큰누님과는 28년, 큰형님과는 25
년의 터울이 있었으니 친구들의 아버지는 대개 우리 큰형님의 친
구쯤 되었고, 큰누님은 내가 세상에 태어나가도 전에 벌써 시집을
가시어, 나보다 나이가 더 많은 조카가 둘씩이나 있었다. 그러니
얻다 대고 '아빠', '아빠' 해가며 응석 한번 제대로 부릴 수 있었겠는
가. '엄마'라는 이름은 쉽고 다정하게 부르면서도, '아빠'라는 이름
은 평생 한 번도 부르지 못하고 살았으니, 조금 억울한 기분이 들
기도 한다.

쉰둥이

셋째 당숙이 손바닥만한 나무판자 조각으로 옛날식 장판 바닥 풀
칠하듯 가만가만 땅을 고르고 나자, 광목 줄 가마에 태워진 엄마의

몸이 아버지 왼쪽 편에 가만히 뉘어졌다 조금 불룩한 등 쪽이 먼저 사뿐 땅에 닿았으리라 건너편 오른쪽 자리엔 얼굴도 모르는 성님이 누워 계시니 이제사 세 분이 나란히 한 방에 눕게 되셨다

　　스무 살 처녀가 시집오는디 왜 안 설렜겄냐 인물도 훤하다고 하고 또 공부도 많이 혀서 면서기 댕긴다니께 늬 외할매가 혹했지 뭐냐 그란디 말여 차에서 내려 동네 입구버텀 가마를 타고 와 집 바깥마당에 내려놓는디 글쎄, 한 너댓 살쯤 된 지지배 하고 그보담 조금 어려보이는 머스매가 쪼란히 서서 날 빤히 쳐다보고 있지 뭐냐 워째 등쪽으루다가 쐐하고 찬바람이 지나가더라구 아차 싶었지 갑작시리 눈앞이 캄캄해지구 다리심이 쫙 풀려서 아이구 아버지 소리가 절루 나서 그 자리에 그만 푹 주저앉을 뻔한 걸 갱신히 참았어야 아니 팔자가 사나워두 유분수지 워치기 그런 일이 하필이믄 나한티 일어나는가 말여 잠깐이 백년 천년 같더라구 당장 그 질루다가 홱 도망이래두 내빼야 혔는디 빙신 같이 어찌 어찌 여태까지 살았지 뭐냐 지금 생각해두 분허지만서두 그래두 워쩌겄냐 이미 엎질러진 물이구 깨진 쪽박인지 그라구 다 복없는 년 팔자소관이지 누굴 탓허겄냐 그저 이 악물고 질긴 목심 살다보니 이러키 육십 년 세월이 흘렀어야 막내 너까지 내 배 아파서 여덟을 낳았는디 둘은 잎새두 못 피고 가버리구 비록 내 배루 낳지는 않았지만서두 늬 큰누나 큰성까지 워쨌든 여덟 자

식 키우는 동안 늬 아버진 허구헌날 밖으로만 나돌고 집 일에 들일에 내 등허리가 워치기 온전할 수가 있었겠냐 그라구 너 한 열 살쯤 됐을 때였나 집 앞이 대추나무 올라갔다가 사다리가 그만 삐끗하는 바람에 뚝 떨어졌던 게, 비오는 날마두 워치기 쑤셔대던지 말두 못혀 그나저나 아무래두 내가 미쳤내벼 소주 멫잔에 취해 이런 애기를 시방 막내 너헌티 빨랫줄에 똥 기저귀 널듯 주절주절 늘어놓는 게 말여

그렇게 팔남매를 키워 객지로 내보낸 자식들 집에 가시더라도 겨우 하룻밤이나 엉거주춤 주무시고 나면 아침부터 엉덩이를 들썩거리시다가 어느새 쪼르륵 당신의 오랜 등자리로 돌아오셔야 맘이 편했다 당신은 또 자식들을 품에 껴안구 자는 법두 별루 없었다 어려서 나는 눈 먼 할머니 쪼글쪼글한 젖은 자주 만지고 등도 제법 긁어드렸지만, 참 오랜 세월 칠흑 같이 어두웠을 당신의 등 긁어드린 기억이 별로 없다

큰형님을 시작으로 여덟 자식의 '취토요'가 끝나자 포크레인의 우왁스런 입이 와르르 당신의 몸 위로 흙을 쏟아부었다 시집 간 지 십년 동안 애가 서지 않아 어지간히 애 태우다 당신 지성으로 구절초 달여 멕여 조카를 셋이나 낳은, 젤루 착하고 부지런했으나 오래 가난에 시달려야 했던 둘째 누나의 등이 젤루 심하게 들썩이고 있었다

—「등의 내력」, 시집 『밥꽃』에서 인용

아버지께선 당신 나이 쉰 살이시던 해에 나를 낳으셨다. 그 때 어머니는 마흔셋이셨다. 아버지와 엄마의 나이 차이가 많이 나는 것은, 엄마가 아버지의 두 번째 부인이기 때문이다. 첫째 부인, 그러니까 내게는 큰어머니, 혹은 전어머니가 되시는 분은 큰누님과, 큰형님을 낳으신 뒤 돌아가셨다고 한다. 당신의 신랑감이 그렇게 상처한 남자인 줄은 까맣게 몰랐던 어머니는, 인물도 훤한데다 공부도 좀 많이 하고, 행정 관리로 일한다고 하니까, 후처 자리인 줄도 모르고 덜컥 시집을 오신 것이다. 일종의 사기 결혼을 당했다고나 할까. 공주 읍내에서 신풍이라는 산골 마을로 시집오시던 날, '꽃가마에서 내려 마당에 막 들어서는데, 너댓 살 먹어 뵈는 여자애와, 서너 살 먹어 뵈는 남자애가 빤히 올려다보는데, 가슴이 그만 철렁 내려앉았다'고 하시는 말씀을 참 여러 번 들었다. 그렇다고 다 팽개치고 다시 친정으로 돌아갈 수도 없는 일이어서 그냥저냥 견디고 사셨다고 한다. 그때도 물론 다 어른들이 하는 일이었기에, 당사자들은 잘 몰랐을 수 있다손 치더라도, 어머니의 처지에서 본다면 우리 아버지도 참 나쁜늠(?)일 수도 있었으리라.

그런데도 우리 엄마는 아이를 또 여덟이나 낳으셨으니, 두 분 다 참 대단하시다고밖에 무슨 말을 하겠는가. 요즘으로 치더라도 마흔셋이라는 나이는 아이를 낳기에 매우 늦은 나이로서, 한편으로는 조금 위험한 일이기도 했을 것이다. 그렇게 어렵게 혹은 귀하게

괜찮다, 괜찮다, 괜찮다

이 세상에 온 나를 일컬어, 사람들은 흔히 쉰둥이라고 불렀다. 아버지의 나이에 빗대어 불린 이름으로서, 요즘 나이로 친다면 거의 할아버지에 가까운 나이라 할 수 있는 바, 실제로 친구들의 할아버지와 우리 아버지가 친구인 경우가 많았다. 이렇듯 늦은 출산 탓인지는 몰라도 나는 몸무게가 채 2킬로그램도 안 되게 태어난 데다, 한 20여 일을 밤낮으로 죽은 듯이 잠만 자는 바람에, 저 애가 과연 죽지 않고 잘 살아나기는 할지 의심스러웠다는 얘기를 귀에 못이 박히도록 듣곤 했다. 인큐베이터는커녕, 산부인과 병원도 거의 없던 시절이라서, 태어난 지 얼마 안 되어 하늘나라로 돌아간 아이들이 하늘의 별처럼 수두룩하던 때였다. 우리 집도 예외가 아니어서 엄마가 낳으신 형님 한 분과 내 밑으로 여동생이 세상에 왔다가 금세 포르릉 날아가 버렸다고 한다. 여동생이 태어난 것은 내가 네 살 무렵이어서 아주 어렴풋한 기억만이 남아 있을 뿐이다. 어른들이 어느 산골짜기에 돌무덤을 만들었다는 이야기가 문득문득 생각나곤 했는데, 내 동생이 잠들어 있다는 그 근처를 지날 때면, 무섭기도 하고 왠지 아릿한 마음이 들기도 하였다.

아무려나 내 위로 형님이 넷, 누님이 셋이나 있는데도 불구하고, 막내로 또 나를 세상에 낳아 주셨으니 참으로 고맙고 다행한 일이 아닐 수 없다. 그 중 이복형님과 누님이 한 분 계셨으나, 중학교 때까지는 그런 줄도 잘 몰랐다. 그런 느낌을 하나도 못 느끼도록 어머니가 모든 자식을 차별하지 않고 돌보셨다고 할 수 있은 바, 속아서 시집을 오시긴 하셨음에도 당신은 당신의 할 도리를 다했다고 할 수 있지 않겠는가. 다행이 피임법이나 임신 중절 같은 것들이 없던 시절이었기 망정이지, 하마터면 나는 아름다운 세상 구경도 못하고 우주의 먼지로 사라질 뻔했다. 물론 그 당시에는 우리 집뿐만 아니라 거의 모든 집에 아이들이 대추나무 연 걸리듯 많았기에 우리 집만 특별한 건 아니었지만, 다른 집에 비해 유독 연세가 많으신 부모님을 생각하면 난 정말 엄청나게 운이 좋았다고 할 수 있다.

가까이 하기엔
너무 먼 당신

형과 누나들이 고등학교, 혹은 중학교를 마치고 차례차례 서울로 나가거나 시집을 가게 되면서, 어느 날부턴가 고향집에는 어린 나만이 남게 되었다. 시골 생활은 어린이라고 해서 그저 아무 일도 안 하고 살 수 있는 게 아니어서, 아버지는 어린 나에게도 늘 무슨 일인가를 시키곤 하셨다. 원래 성품이 꼼꼼하고 부지런하신 데다 연세가 드셔 그런지, 당신께서는 막내아들의 달콤한 새벽잠을 흔들어 깨우는 걸 퍽이나 즐겨하셨다. 한참 꿈속을 헤매다가도 '지남아, 지남아' 하고 부르는 아버지의 카랑카랑한 목소리가 방문을 뚫고 들이닥치면, 나는 마치 벌에 쏘이기라도 한 듯 화들짝 놀라 벌떡 일어나야만 했다. 대충 고양이 세수를 하고 나면 방청소 하기, 마당 쓸기, 쇠여물 솥에 불 때기, 닭 모이나 돼지 밥 주기 등이 내게 부여된 아침 일과였다. 그 시절의 아이들은 모두 그렇게 자기 몫의 일들을 해야만 겨우 밥을 얻어먹을 수 있었다.

학교가 끝난 오후나 쉬는 날엔 부모님 따라 논밭 일을 거들어야 했으며, 산에 가서 나무를 하거나 장작 패기 등을 하시는 동안, 아버지는 나를 종구라기(작은 바가지)처럼 달고 다니셨다. 그러다 조금이라도 해찰을 부리거나 할 때는 지체 없이 나직한 지청구가 날아왔다. 다행이도 머리를 쥐어박힌다거나 종아리를 얻어맞지는 않았는데, 그럼에도 불구하고 왠지 아버지와 함께 있으면 어떤 긴장감 같은 것이 늘 따라다녔다. 마루에 앉아 다리를 흔든다고 혼나고, 어쩌다 문지방에 걸터앉기라도 하는 날엔 여지없이 호통이 날아왔고, 밥을 먹을 때에도 아무런 말도 하지 않는 것이 올바른 태도였다. 밥이 귀한 시절이어서 그렇기도 했겠지만, 밥 한 알이라도 흘릴라 치면, 쯧쯧쯧 하는 혀 차는 소리와 함께 아버지의 매서운 눈총이 날아들었다.

그렇다고 아버지와 함께했던 어린 시절의 나날들이 힘들거나 괴롭기만 한 것은 아니었다. 아버지를 내심 어려워하면서도, 한편으로는 집안의 종손으로 또 지역의 유지로서 범접하기 힘든 기품과 위엄을 지니고 계신 분이 우리 아버지라는 생각에, 자못 자랑스러운 마음도 많았다. 거기다 다른 집에 비해 농사채도 많은 편이어서, 보리쌀이 많이 섞이긴 했지만 끼니 걱정은 거의 안 했으니 그또한 얼마나 고맙고 다행스러운 일인가. 5학년 말, 마을에 전기가 들어왔을 때 텔레비전과 냉장고를 가장 먼저 들여놓은 집도 우리집이었으니, 이쯤 되면 아버지는 능력이 있는 분이시기도 했다.

한편 가을 날 새벽이면, 졸린 눈을 비비며 졸랑졸랑 아버지를 따라 뒷 개울 밤나무 밑으로 밤을 주우러 가곤 했다. 수십 년 묵은 커다란 밤나무에서 떨어진 알밤이 개울물 속에서 까만 눈동자를 반짝이며 나를 빤히 올려다보고 있었다. 물속에서 알밤을 건져 올릴 때의 시원하고 뿌듯한 손맛을 잊을 수 없다. 아버지께서 언덕의 가시덤불을 낫으로 툭툭 쳐내시면, 나는 또 그 안에 다소곳이 앉아 있는 밤들을 부지런히 주워 담았다. 그러다 제법 묵직해진 비료 포대를 어깨에 짊어지고 마친 개선장군이라도 된 듯 뿌듯한 마음으로 콧노래까지 불러가며 돌아오곤 했다. 시나브로 나이가 먹어감에 따라 제법 손마디가 굵어지고 난 뒤에는, 아버지와 더불어 농사일을 마치고 해가 뉘엿뉘엿 넘어갈 무렵 개울에 발을 담그며 넘어가는 해를 바라보기도 하였다. 피로에 지친 종아리를 흘러가는 시냇물로 씻을 때의 그 산뜻한 느낌은, 논일을 해 본 사람만이 느낄 수 있는 특별한 맛이기도 했다.

그런데 저렇듯 무뚝뚝하시고 고집 세고, 어디 이놈들 혼낼 일 없나 하고 돋보기를 들이대시듯 하시는 분이, 어쩐 일인지 내 머리만큼은 꼭 당신께서 직접 깎아 주시는 다정함(?)도 있으셨다. 면 소재지 이발소까지 가려면 십 리가 넘는 먼 길을 걸어가야만 하는 데다, 이발 비 또한 만만찮았기 때문일 것이다. 그런데 문제는 아버지의 이발 기계라는 것이, 나름대로 기름칠을 해가며 관리를 잘한다고 하더라도 어딘가 녹이 슬고 이도 빠지고 해서, 머리 깎는 도중 '아얏' 소리가 저절로 튀어나오곤 했다. 아버지의 이발 솜씨는 그럭저럭 괜찮으셨는데도 불구하고, 머리카락이 쥐어뜯기는 일은 늘 예고 없이 찾아왔기에, 머리 깎자며 기계를 찾아오라고 하실 때면 더럭 겁이 나기도 했다. 한편 우리 동네에는 아버지 말고 '샘 안 집 아저씨'라고 머리 깎아 주시는 분이 또 계셨는데, 그 집 기계는 양 손으로 깎는 방식에다 우리 것보다 더 낡아서, 동네 아이들은 아버지에게 머리를 맡기는 것이 그나마 고통을 덜 받는 선택이기도 했다. 아무려나 자상함과는 거리가 먼 아버지셨지만, 이를테면 '이발 봉사'의 선구자 역할도 하신 셈이기도 하다.

은행나무 그늘에 앉으면

서울 유학,
3년의 이별

초등학교 3학년 초 어느 날, 아버지는 느닷없이 나를 서울로 전학을 시키셨다. 이제 겨우 열 살밖에 안된 애를, 집에 한 번 오려면 하루 왼종일 걸리는 머나먼 곳으로 덜컥 내보내신 것이다. 좋다 싫다 한 마디 말도 못한 채, 나는 하루아침에 서울이라는 낯선 땅에 툭 내던져지고 말았다. 돌이켜 생각해 보면 환갑 가까운 당신으로서는 어린 아들을 데리고 살면서 교육을 시키는 일이 자못 힘들고 부담스러웠을 수도 있었을 것이다. 혹은 시골이라지만 내가 공부를 제법 잘하였기에 '말은 제주도로 보내고 사람은 서울로 보내라.'는 속담을 실천하시고 싶어서 그랬는지도 모른다. 비록 서울에 살고 있던 형과 누나 밑으로 보낸다손 치더라도, 이제 겨울 열 살 난 내 처지에서 보면 그야말로 아닌 밤중에 홍두깨 같은 격이었다. 더구나 이곳저곳을 돌아다니며 의류 행상을 하며 힘들게 살아가고 있던 형님으로서도, 갑작스레 군식구를 하나 떠맡게 된 상황이 그리 달갑지만은 않았을 것이니,

이러구러 아버지 손에 이끌려 처음 서울이라는 곳에 마치 '꿰다 논 보릿자루' 같이 내던져진 나는, 이제 내 앞에 닥쳐오는 시간들을 스스로 견뎌 내야만 한다는 것을 어렴풋하게나마 느끼고 있었

다. 그렇게 새로운 내 삶의 터전이 된 집은 동대문구 전농동이라는 서울의 변두리에 있었는데, 좁고 긴 골목 막다른 초록색 철 대문집이었다.

주인댁에는 아들만 셋이었는데 제일 큰애가 나랑 동갑이었고 밑으로 두 살 터울의 동생들이 있었다. 형님네를 비롯해 모두 네 가구가 세를 얻어 살던 그 집에, 나를 던져 놓고 아버지는 총총히 시골로 내려가셨다. 어린 자식을 서울 땅에 두고 가시는 아버지 마음도 서운하셨겠지만, 시골집으로 내려가시는 아버지의 구붓한 등을 나는 얼룩진 눈으로 오래 바라보았다. 그날로부터 3여 년 서울 생활을 하는 동안, 엄마 아버지가 그리워 눈물 흘린 적은 많지 않았다. 시골에 함께 살 때도 아버지와 무슨 살뜰한 정 같은 것이 별로 없었기에 그랬을 수도 있고, 사내아이가 함부로 눈물 줄줄 짜는 일을 해서는 안 된다는 세뇌 교육의 힘도 얼마큼 작용했을 것이다.

그런데 전학 수속이 잘 안된 탓인지 나는 3월 20일경에나 겨우 학교에 갈 수 있었다. 조금 놀랐던 것은 당시 내 번호가 84번이었는데, 내 다음으로 전한 온 아이가 또 있었으니 지금으로서는 상상할 수도 없는 콩나물 교실이었던 것이다. 그리고 한 학년에 24개 반이나 있어서, 전교생이 1만 명이 넘는 전 세계에서 학생 수가 제일 많기로 소문난 학교였다. 학교에 나간 얼마 안되어 월말고사를

은행나무 그늘에 앉으면

치렀는데, 생전 첨으로 시험지에 빗줄기가 마구 그려지는 수모를 맛보기도 했다. 다행이 다음 달부터는 친구도 사귀고 학교 생활에도 적응하게 되면서 시험 성적도 제법 오르게 되었다. 시골에서처럼 아주 잘하진 못했으나, 주인집 아들과 바로 옆집에 살았던 고모네 깍쟁이 사촌 계집애가 같은 학년이었는데, 그 애들보다 내 점수가 더 높게 나와서 그나마 자존심을 좀 세울 수 있었다.

한편 그 땐 서울도 텔레비전이 매우 귀해서 만화영화라도 한 번 볼라치면 부잣집 애들한테 잘 보여야 했다. 그래서 그나마 싸게 드나들 수 있는 만화방에 드나들기 시작하였다. 눈칫밥으로 저녁을 먹고 나면, 누나가 출근하면서 쥐어 준 10원을 남겼다가 단골 만화방으로 갔다. 그때 돈 5원이면 빵 한 개를 살 수도 있었지만, 그 돈으로 동네 만화방에 가면 만화책 여섯 권을 볼 수 있었다. 저녁이면 어디 맘 둘 데가 별로 없던 시절, 그 동굴처럼 깊고 어두운 시간을 즐기기에 가장 좋은 곳이 바로, 30촉짜리 전구가 희미하게 흔들거리는 어둑한 만화방이었다. 만화에 맛을 들이게 된 뒤, 나는 저녁 시간의 대부분을 그곳에서 보내며 하루에만도 열 권, 스무 권을 읽었다. 그러다가 누나가 올 시간쯤 되었을 때 슬며시 집으로 돌아오곤 했다.

그렇게 두근두근 신나는 만화의 세계에 빠져 지내는 동안 엄마 아버지와 떨어져 사는 외로움은 어느새 저만치 달아나 버리곤 했다. 3년 동안 줄잡아 2만 권 가깝게 만화를 보았을 것이다. 그런데 30촉짜리 흐린 전등 불빛 아래에서 하도 골똘히 만화를 들여다본 탓인지, 언제부턴가는 눈이 몹시 나빠져 밥상 앞에만 앉기만 해도 눈물이 줄줄 흐르곤 했다. 아마도 파나 마늘, 고춧가루 같은 자극적인 음식 기운 때문이었을 텐데, 밥상 차려주던 형수로서는 혹시 내가 외롭고 슬퍼서 그런 것으로 오해했을지도 모르겠다. 아무려나 나는 만화책이라는 고마운 친구 덕분에 그럭저럭 잘 버텨 낼 수 있었고, 시골에 계신 아버지나 엄마에 대한 그리움을 줄일 수 있었다. 외롭고 쓸쓸한 한 아이를 품어 준 만화책들에 대한 고마움을 잊지 않고 있다.

아버지 품으로,
다시 돌아오다

그렇게 서울 살이를 견디어 가던 중, 함께 문간방을 쓰던 셋째 누나가 갑작스레 시집을 가게 되었다. 옆집에 사시던 고모부님이 옷감 염색 관련 사업을 하셨는데, 관련 기업의 사장 동생과 누나를 중매하고 나선 것이다. 이제 갓 스물두 살의 누나도 또한 아얏 소리도 내지 못한 채 결혼의 소용돌이 속에 묻히고 말았으니, 생각해 보면 참 어처구니없는 일이었다.

  그런데, 그 일이 어쩌면 나로선 퍽 다행스런 일이기도 하였다. 그 덕분에 내가 다시 시골집 부모님의 품 안으로 다시 내려올 수 있게 되었기 때문이다. 그 당시 형님네에는 계집애 조카들만 있었기에 삼촌인 나와 한 방을 쓸 수도 없었고, 그렇다고 비싼 방을 나 혼자서만 쓰게 할 수도 없는 형편이었기에, 고심 끝에 나를 다시 시골로 내려보낸 것이다. 5학년이 막 끝나갈 무렵이었다. 아무튼 서울 생활을 접고 다시 시골로 내려올 수 있었던 일에 대해, 나는 지금도 내 인생의 가장 중요한 전환점으로 여기고 있다. 무슨 이유에서든 너무 어린 나이에 부모 품을 벗어나 살아가는 일은 바람직한 일이 못된다고 생각한다.

  시골로 다시 돌아온 나를, 정든 산과 들녘은 그 넉넉한 품안에 푸근히 안아 주었다. 서울에서 사는 동안 말투가 표준말로 바뀌었지만, 나는 곧 원래의 구수한 청청도 사투리를 쓰는 시골 아이로 되돌아 올 수 있었다. 그동안에도 이미 서울 갔을 때는 서울말로, 방학 때 시골에 내려와 살 때는 시골말을 써온 탓도 있으리라. 어쨌거나 나는 금세 시골 생활에 적응해 나갈 수 있었다. 아쉬운 게 하나 있다면, 그동안 나를 외로움의 절벽 아래로 굴러 떨어지지 않도록 지켜 준 '만화책'을 더 이상 맘대로 볼 수 없다는 점이었다. 십리 넘게 떨어진 면 소재지에는 만화방이 있었지만, 그 비용이 서울

괜찮다, 괜찮다, 괜찮다

에 비해 무려 열 배쯤은 비쌌기에 감히 빌려 볼 엄두가 나지 않았다. 그 대신 도서실의 책을 찾아 읽게 되었다. 당시 시골 학교의 도서실이라고 해 봐야 동화책 몇 권 빼면 책다운 책이 거의 없었지만, 이미 문자 중독증에 빠진 나로서는 이것저것 가릴 처지가 아니었다. 또한 집에도 형과 누나들이 보고 남긴 책들이 제법 있었기에, 나는 자연히 책의 세계로 조금씩 나아가게 된 것이다. 긴 겨울 방학에는 무슨 뜻인지도 잘 모르면서도 두꺼운 양장본으로 된 삼국지와 서유기, 그리고 서른 권쯤 된 세계 문학 전집을 읽기도 했다.

한편 시골 고향으로 되돌아온 그 해 말, 아버지의 회갑 잔치가 집에서 벌어졌다. 눈송이가 제법 굵게 흩날리던 초겨울이었다. 요즘은 회갑이라고 해 봐야 새파랗게(?) 젊어 보여서 어디 노인 축에도 들지 못하지만, 당시에는 회갑을 맞으면 꽤 장수하는 것으로 여겨 잔치를 크게 벌이곤 하였다. 이틀 동안 우리 집은 온통 잔치 마당으로 변해서 신나기도 했지만, 한편으로는 아버지가 진짜 할아버지가 되었다는 생각에 조금은 서글프기도 했다. 그렇게 아버지는 노년의 고갯마루를 막 넘어가시는 반면, 나는 이제 곧 6학년으로 올라가면서 어렴풋하게나마 이제 사는 게 뭔가를 조금씩 알아가는 느낌이 찾아들었다. 그리하여 나는 이제 어른이 되었으니 앞으로 내 일은 스스로 선택하고 책임을 져야겠다는 생각을 하게 되었다.

따라서 이제부터는 어떤 일에 대해 아버지 어머니와 상의하거나 허락을 받기 보다는, 스스로 판단하고 결정한 다음 그 결과를 말씀 드릴 참이었다. 그 무렵 마침 나와 네 살 터울의 넷째 형이 중학교를 졸업하자마자 가출하듯 집을 떠나는 바람에, 이제 자식이라고는 오로지 나 혼자만 남게 되었다. 그리하여 이제부터는 연로하신 부모님의 농사일도 내가 앞장서 해야 한다는 책임감도 갖는, 제법 기특한(?) 소년이 돼가고 있었다.

그런 가운데 세월은 또 가뭇없이 흘러 중학생이 되자 팔다리도 두꺼워지고 근육의 힘도 좀 늘어서 아버지와 볏 가마를 맞잡고 들어 옮길 수 있을 정도가 되었다. 그렇게 나날이 늦둥이 아들의 힘과 역할이 늘어나게 되는 동안, 아버지의 기력은 조금씩 쇠잔해져 갔다. 따라서 어린 날에 가졌던 아버지에 대한 막연한 두려움이나 어려움 대신, 이젠 노년을 향해 걸어가시는 아버지를 조금씩 안쓰러운 눈으로 바라보게 되는 날들이 늘어나게 되었다.

여인숙,
아버지와의 어색한 동행

중학교를 마치고 천안에 있는 고등학교로 시험을 보러 가게 되었을 때였다. 아버지께서 느닷없이 나와 함께 가시겠다는 것이었

240

대한민국 희망수업 4교시

다. 그동안엔 막내아들이 공부를 어떻게 하는지, 고등학교를 어디로 가는지 별다른 참견을 하지 않으시던 분이셨다. 어려서 외갓집 갈 때나 서울로 전학 갈 때 외에는, 아버지와 단둘이서만 어디를 동행해 본 일이 거의 없었다. 조금 뜻밖이기도 하거니와 왠지 아버지와의 동행이 불편할 것도 같았다. 그래, 함께 가는 친구들도 있으니 걱정 않으셔도 된다고 하려다가, 당신께서 혹시나 서운해 하실까 싶은 마음에 말을 접고 말았다. 나 스스로야 다 컸다고 생각하고 있었지만, 아버지의 눈에는 아직 한참 어린 아이로 보였을 지도 모른다.

재빛 두루마기를 걸치고 중절모자를 쓰신 아버지와 까만 교복을 입은 소년을 실은 버스가 천안에 도착했을 때는 희끗희끗 초겨울의 눈발이 흩날리고 있었다. 학교에 들러 예비 소집을 마치고 난 뒤, 난생 처음 단둘이 마주 앉아 짜장면을 먹었던가. 그리고 질척거리는 길을 걸어 차부(터미널) 근처에 허름한 여인숙 방을 얻어 들어갔다. 그 여인숙은 2층 목조건물로, 방과 방 사이의 벽이 얇은 합판으로 막혀 있었다. 복도 역시 나무 마루로 돼 있었는데, 발을 디딜 때마다 삐걱거리는 소리가 나는 바람에 화장실 가는 일도 신경이 쓰였다.

한편 그동안 농사일을 거들 때 말고는, 별달리 대화 같은 것을 나눠 본 적이 거의 없었던 칠순 노인과 열일곱 살 아들의 낯선 동침이란 참 어색하기 짝이 없었다. 시험 볼 학교에 관한 몇 마디 단답형의 질문과 대답이 오고 간 뒤에 남겨진 어설픈 침묵 속에서, 밤은 더디게 깊어 가고 있었다. 그나마 나는 참고서라도 보는 척하며 엎드려 있으면 되었지만, 아무 할 일이 없으신 아버지로선 더더욱 갑갑한 시간이었을 것이다.

그런 어색한 분위기는, 요란스럽게 삐걱거리는 마룻장 소리와 함께 웬 젊은 남녀가 옆방에 들어오게 되면서 아연 긴장감이 감도는 분위기로 급변하게 되었다. 방음이 안 된 탓에 옆방 사람들이 소곤거리는 소리는 물론 심지어 숨소리 까지 다 들릴 지경이었다. 그리고 얼마 뒤, 청춘남녀 커플이 빚어내는 거센 바람소리와 파도소리는, 열일곱 살 소년의 머리채를 잡고 흔들어 대기에 충분하고도 남았다. 생전 처음 들어 보는 폭풍우 소리로 인해 머리와 가슴이 마구 뒤흔들리는 아들은 그렇다손 치더라도, 그런 난처한 상황을 사춘기 아들과 함께 견뎌야 하는 아버지 마음은 또 얼마나 심란하셨을까. 아들은 건성으로 책을 붙든 채 아버지의 심사를 걱정하고, 아버지는 주무시기라도 하듯 눈 감고 돌아누우신 채 아들을 걱정하는 가운데, 시간은 마디게 흘러갔다. 소나기 한 줄금 지나갈 만큼 시간이 흘렀을까. 마침내 다시 어색하고 반가운 정적이 찾아왔지만 여운처럼 남은 소리들이 내 귓바퀴를 계속 간지럽히고 있었다. 시험 보러 가는 아들에게 그런 잠자리밖에 못해 준 미안함으

로 인해, 그날 아버지께서 보내셔야 했던 밤은 훨씬 더 깜깜한 절벽 같았을 것이다.

아버지의 시대와,
아들로서의 걱정

아버지는 일제에게 나라를 빼앗긴 지 얼마 안 지난, 1912년에 팔남매의 맏이이자 4대 종손으로 태어나셨다. 아버지 밑으로는 고모님만 일곱 분이셨는데, 할아버지께서는 아들을 하나 더 낳을 욕심으로 작은할머니를 들이셨다가 딸만 둘 더 낳으셨기 때문이다. 그로 인해 아버지와 할아버지는 사이가 크게 벌어졌고, 두 분이 만나면 분위기가 늘 어석버석했다. 그런 두 분 사이에 엉거주춤 끼어 있어야 했던 나도 불편하기는 마찬가지였다. 아버지는 한학을 하셨던 할아버지의 영향으로 어려서 서당 공부를 하시다가, 열 살 무렵에 삼십 리쯤 떨어진 곳에 있는 소학교에 다니셨다고 한다. 날마다 무려 왕복 60리 길을 걸어 다니신 셈이니 대단한 학구열이라는 생각이 든다. 중학교(지금의 중, 고등학교 과정)는 청양군에 있는 좀 더 먼 곳으로 자전거를 타고 다니셨다는데, 당시에 중학교를 다니는 것은 몹시 귀한 일이었다.

괜찮다, 괜찮다, 괜찮다

아버지께선 중학교 졸업 후 곧바로 면 서기가 되셨다고 한다. 그러다가 내가 태어날 무렵에는 경상도 영천이라는 작은 고장의 우체국장을 지내기도 했다는데, 군사 쿠데타를 거쳐 박정희 군사 정권이 들어선 지 오래지 않아 그 직을 그만두시게 되었다고 들었다. 그때부터 아버지는 공직 생활을 접고 어쩔 수 없이 당신의 고향 마을로 돌아와 농사를 짓게 되셨다고 했다.

독재 정권에 의해 억울하게 쫓겨나신 때문인지는 몰라도, 그 후 아버지는 정치적으로는 평생 동안 야당 생활을 하셨다. 마침 우리 동네에는 면장을 지내시고 은퇴하신 분이 계셨는데, 그 어른은 박정희, 전두환, 노태우, 김영삼 대통령에 이르기까지 쭉 여당 쪽에만 서 계셨다. 말하자면 아버지와는 일종의 라이벌 비슷한 관계를 유지하셨다. 한때 아버지께서는 공주군 민주당 관리위원장 일을 맡아 하시면서, 이웃 후배인 ㅂ 아무개 씨를 지역구 국회의원으로 당선시키기도 하셨다. 그분은 어려서 매우 똑똑하긴 했으나 매우 가난한 탓에 학교는 많이 다니지 못했는데, 성격이 호방하고 연설을 잘했다고 한다. 아버지가 쓰시던 방 서가에는 이런저런 정치 관련 유인물이나 서적들이 제법 많았는데, 그분에 대해 매우 호평한 잡지를 본 적도 있다. 그는 내가 다닌 사립 중학교의 이사장이기도 했는데 여러모로 탐탁해 보이지는 않았다.

아무튼 아버지께선 지역의 유지로서 활발한 활동을 하시면서 어느 정도 정치적 영향력을 지니셨던 모양이다. 하지만 아버지 당신 스스로는 어떤 선출직에도 출마하시지는 않으셨는데, 그것은 아마도 꼼꼼하고 완고한 당신의 성격과는 잘 어울리지 않으신다는 것을 당신께서도 이미 아셨기 때문일 것이라고 생각한다.

한편 비록 하급 관리라고는 하더라도 일제 치하에서 행정 관리를 지내신 아버지의 이력으로 인해, 나는 한때 적잖은 고민을 겪기도 했다. 식민지 나라의 행정 관리로 살아간다는 것은 자칫 이웃 동포들로부터 손가락질을 받을 일을 했을 가능성도 많았기 때문이다. 내가 대학에 들어간 뒤, 우리나라의 역사와 교육이 얼마나 왜곡되고 모순으로 가득 찼는지에 대해 눈을 뜨게 되었을 때, 그동안 듣고 배웠던 지식들이 얼마나 엉터리였는지 울분을 느끼곤 했다. 목숨을 바쳐 가며 애쓴 독립 운동가와 그 후손들은 해방된 나라에서 찬밥 신세가 돼 버리고, 오히려 나라를 팔아먹고 일신의 영달을 추구하던 친일파들이 새로운 나라의 지배 세력으로 살아가고 있는 현실이 참으로 개탄스러웠다.

그러던 어느 날 문득, 그럼 우리 아버지, 할아버지는 일제 강점기를 겪는 동안 혹시 친일에 앞장 선 삶을 사신 것은 아닐까 하는 의문이 슬며시 고개를 드는 것이었다. 혹여나 일제의 앞잡이가 되어 같은 동포들을 배반하고 괴롭히는 일을 하셨다면, 나는 과연 아버지라는 존재에 대해 어떤 태도를 취해야 할지 고민이 되었다. 같은 면 서기라 하더라도 일본인 면서기에 비해 봉급을 반밖에 받지 못했다며 억울해 하시던 말을 언뜻 들었던 기억이 나기도 했으나, 그것이 당신께서 친일의 삶을 살지 않았다는 근거가 될 수는 없었다. 그렇다고 아버지께, 당신은 과연 일제 강점기의 관료로서 동포들과 이웃들에게 부끄럽지 않은 삶을 사셨는지, 대놓고 여쭤 볼 수도 없는 노릇이었다.

그 다음부터는 당숙어른들을 비롯한 이웃 어른들께 지나가는 말투로 아버지의 젊은 시절에 관한 이야기를 묻거나, 어른들이 지난 역사에 관한 이야기를 나누는 경우에는 혹시 아버지에 관한 얘기가 나오지 않을까 귀를 바짝 세우기로 하였다. 이렇게 아버지의 지난 삶에 대한 정보를 수집해 본 결과, 다행이도 그다지 큰 과오를 남기시지는 않으셨구나 하는 생각을 갖게 되었다. 평소 생활하시는 모습이나 이웃에 대한 태도 등을 살펴볼 때도, 그럭저럭 어려운 시대를 무난하게 건너시지 않았을까 생각을 하면서 적이 안심이 되었다.

내가 교사가 된 뒤 어쩌다 지역 어른들을 만나 인사를 올리게 될 때면, 어른들께서는 흔히 어디 사는 누구의 자식인지를 묻고는 하셨다. 그럴 때마다 아버지 함자가 아무개 씨라고 말씀 드리면, 많은 어른들께서는 아버지를 잘 아신다는 모양을 하시면서, 참 그 분 멋쟁이셨지 하며 좋은 말씀들을 해 주시곤 하였다. 자식 앞이라 일

부러 좋게 말씀을 해 주시는 것일 수도 있으려니 생각하면서도, 아
버지에 대해 존경의 마음을 가지게 되었으니, 나로서는 퍽 다행스
럽고 고마운 일이 아닐 수 없다.

풍랑, 그리고
난파선이 되다

고등학교를 졸업하고 1년여 간의 방황 끝에 대학 합격 소식을
전했을 때, 일흔 살 아버지의 얼굴은 햇살처럼 환해지셨다. 나보다
스물다섯 살 위의 큰형이 대학을 다니시다 그만둔 이후, 형제자매
중 아무도 대학 공부를 시키지 못했는데, 이제 막내인 내가 국립
사범대학에 들어갔기 때문일 것이었다. 며칠 뒤, 아버지께선 나를
당신 앞에 불러 앉히셨다. 그러고선 대뜸 '내가 이제 나이가 들어
너의 등록금이나 생활비를 대 줄 힘이 없구나. 그래 밭 한 뙈기를
팔아서 농협에 넣어 둘 테니 그 돈으로 공부를 하라'는 말씀이셨
다. 그동안 이렇다 저렇다 별 말씀이 없으셨는데, 아마도 속으로는
퍽 걱정을 하고 계셨던 모양이다. 다행히 국립 사범대학은 수업료
가 많이 싼 편인데다가, 졸업과 동시에 자동으로 교사 발령을 받는
체제였다. 그러기에 지방 대학이었지만 전국적인 명성을 얻고 있

었고 커트라인이 꽤 높은 편이었다.

　그런데 당시는 전두환 독재 정권 시절로서, 대학생들의 정권 퇴진 데모가 끊이지 않자 학생들의 입에 재갈을 물리기 위해 이른바 대학 졸업정원제라는 제도를 도입하던 때이기도 했다. 과의 정원이 40명인데 52명을 뽑은 다음 학년이 올라가는 동안 나머지를 강제로 탈락시키는 방식이었다. 내가 살아남기 위해서는 어쩔 수 없이 친구를 밟고 올라서야만 하는 참으로 비인간적 제도였다. 1학년 때는 설마 어떻게 되겠지 하는 마음으로 그럭저럭 공부하고 생활해 나갈 수 있었다, 그러나 당장 2학년이 되자 우리들 가운데 누군가가 정말 탈락되어야 하는 상황이 생기면서, 학과의 분위기는 말할 수 없는 위기감 속으로 치달아갔다.

　이런 분위기를 더 이상 견딜 수 없게 된 가운데, 마침내 학내 시위가 벌어지게 되었다. 독재 정권의 폭력성을 지탄하는 강렬한 데모가 아니라 그저 온건하고 소박하기 그지없는 시위였는데도 불구하고, 학교 당국의 대처는 참으로 신속하고 살벌했다. 부끄럽게도 나는 시위의 중심에서 한 발 비켜선 탓에 아버지가 학교에 소환되는 수준에서 마무리가 되었지만, 적지 않은 친구들이 학교를 떠나는 중징계를 받고 말았다. 친구들에 비하면 내가 겪는 고통이야 아무것도 아니었지만, 백발이 성성한 노인이 두루마기를 입고 학교에 불려와 교수님과 학교 직원들 앞에서 연신 머리를 조아리던 모습이 아직도 눈에 선하다.

그러나 정작 아버지를 더욱 괴롭히는 사건은 내가 공주의 한 시골 중학교로 복직 발령이 나면서 비롯되었다. 정권 연장을 위해 전국민을 상대로 독재와 억압의 칼날을 휘두르던 전두환 독재 정부와, 그에 맞서 대통령 직선제 개헌을 외치는 민중들과의 싸움이 점점 격화해 가고 있었다. 전두환 독재 정권은 4·13 호헌 조치를 발표하면서 국민들에게 선전포고를 하고 나왔다. 그러자 정권의 하수인으로 전락한 교육부와 교육 관료들은 교사들로 하여금 각 마을로 나가 주민들에게 호헌조치의 정당성을 선전하라고 협박했다. 체제에 순응한 착하고 약한 대다수의 교사들은 쭈뼛쭈뼛 2명씩 조를 짜서 마을로 나갔지만, 그나마 젊은 선생들은 막걸리 집에 모여 앉아 울분을 토해 내며 독재에 대해 성토하였다.

이런 가운데 서서히 꿈틀 대던 교육 민주화운동의 뜨거운 불길은 전국교사협의회 창립과 전국교직원노조 창립이라는 역사를 일구어 내게 된다. 민족, 민주, 인간화 교육의 기치를 내걸고 싸우던 교사들을 향해, 노태우 독재 정권은 방송과 신문들을 앞세워 빨갱이라는 이념의 덫을 씌우며 맹폭격을 가하고 있었다. 그러자 장학사와 교장은 하루아침에 교사를 감시하고 회유하고 협박하는 존재로 전락해 가고 있었다. 그때 마침 내가 근무하던 학교의 교장은 나와는 십여 촌쯤 되는 아저씨뻘 되는 분으로, 아버지와도 그 전부터 잘 아는 사이기도 했다. 교육 민주화운동의 주된 싸움 대상은 독재 정부였지만, 역설적이게도 가장 첨예한 싸움은 대개 학교 현장에서 일어나고 있었다. '조카 놈이 말을 안 듣고 속을 썩혀서 괴로워죽겠다.'는 교장에게, 나는 교육 민주화의 대의를 얘기하면서, 현 정부의 교육 정책의 문제를 지적하는 교사가 되어 맞설 수밖에 없었다.

그리고 참으로 뜨겁고 치열했던 1989년 여름, 국민 탄압에 물불을 가리지 않던 독재 정권은 시시각각 탄압의 올가미를 점점 조여오고 있었다. 그러면서 전교조에 가입한 1만 5천여 교사들에게 탈퇴 각서를 쓰지 않으면 밥줄을 끊어 버리겠다며 해직의 칼날을 목에 들이대며 압박해 왔다. 하지만 그런 억압에도 불구하고 교사들의 열망이 사그라들지 않자, 교육 관료들은 그 가족에게 협박의 화살을 돌리는 패륜마저 서슴지 않고 저지르게 된다. '당신 자식이 공산주의 사상에 물들어 하마터면 교직에서 쫓겨 날 처지에 처했으니, 당신 자식으로 하여금 빨리 탈퇴각서를 쓰게 하라'.는 협박을 받은 아버지의 심정은 어떠셨을까. 안 그래도 2년 전에 뇌졸중을 겪으시어 걸음이 불편하신 아버지께서 지팡이에 의지해 학교에 오신 날을 잊을 수 없다. 교장의 전화에 놀라 교장실로 찾아오신 여든 노인 앞에서, 내가 감당해야만 하는 싸움의 정당성을 내세우는 일이 과연 무슨 의미가 있겠는가. 그저 교장님 말씀 잘 듣고,

은행나무 그늘에 앉으면

학생들에게 훌륭한 선생이 되라는 말을 남기시고는 절뚝절뚝 걸어 나가시던 아버지께의 뒷모습이 눈에 선하다.

사랑은
오토바이를 타고 온다

　그로부터 몇 해 뒤, 아버지는 85세를 일기로 이 세상과 이별을 하셨다. 당신의 생신 즈음이신 12월 초 겨울의 일이다. 몸이 점점 차가워지시다 힘겨운 마지막 숨을 넘기셨을 때, 둘러앉아 임종을 하던 자식들이 아버지를 부르자, 아버지의 눈에서 눈물 한 방울이 쪼르륵 흘러내렸다. 그 눈물 방울이 슬며시 막내아들에게로 옮겨 왔지만 나는 꾹꾹 울음을 참아 내고 있었다. 고난의 시대에 8남매의 맏이로 태어나서서, 슬하에 다시 8남매를 낳아 기르고 가르치시는 동안, 세상의 파도에 맞서며 자신의 생을 끝까지 버티어 낸 한 남자의 생에 대해 생각했다. 그리고 늦은 나이에 낳은 막내아들로 인해 뜻밖의 고초를 겪으셔야 했던, 한 측은하고 연약한 아버지를 떠올리며 가만히 사죄의 인사를 올렸다. 어느 자식인들 서러운 사연이 없겠는가만, 할아버지 같은 아버지와 함께했던 즐겁고 아프고 고단했던 순간들이 주마등처럼 떠오르다가 천천히 어둠 속으로 점차 사라져 가고 있었다.

그런데 아버지가 돌아가시고 한 삼년 쯤 지날 무렵, 수상한 소문이 들려오고 있었다. 이제 막 팔순 노인인 어머니가 바람이 났다는 것이다. 들리는 얘기인즉슨 엄마보다 두 살인가 연하라는 어떤 남자의 오토바이 뒤에 타고, 면 소재지에 있는 게이트볼 장에 다니신다는 거였다. 게이트볼장의 유일한 여자 회원으로서, 남들이 뭐라하든 씩씩하게 참여하는 여든 살 엄마의 모습에 나도 모르게 슬며시 웃음이 나왔다. 나는 속으로 '뭐 어때 좋은 일이지.' 하면서도 소문의 진위를 확인하기 위해 조심스럽게 엄마의 주위를 살폈다. 후처 자리인 줄도 모르고 시집을 와 산전수전 다 겪어야 했던 엄마의 뒤늦은 연애를, 하늘나라에서 바라보실 아버지 마음이 어떠실까 생각하니 왠지 조금은 꼬습고 쟁그러운 마음이 들기도 했다.

그러던 어느 날 드디어 '엄마의 애인'이라는 그 어른을 뵙게 되었다. 체구는 아버지보다 좀 작으셨으나 둥그런 얼굴에 이목구비가 반듯하고 흰 눈썹이 가지런하였다. 오토바이를 타고 집 앞을 지나며 삑삑 하고 신호를 보내신 다음, 동네 끝까지 가셨다가 다시 집 쪽으로 돌아오시어 아버지께서 심으신 은행나무 밑에서 어머니를 기다리는 시스템이었다. 아버지 사진이 걸려 있는 화장대에서 서둘러 화장을 마치고 나온 어머니가 오토바이 뒤에 오르자, 이내 경쾌한 엔진 소리를 남기고 오토바이가 떠났다. 나는 저만치 떨어져 서 있다가 두 사람의 아름다운 동행에 고개 숙여 인사를 올렸다.

삑 삐익-, 짧은 경적 소리에 이어

팔십 시시 오토바이 지나는 소리가 들린다

필시 저 오토바이는 동네 끝에서 되돌아와

몇 분 뒤면 집 앞 은행나무 밑에 설 것이다

젊은 날 아버지 모습 사진이 걸린 벽 아래

낡은 화장대에 앉아 얼굴 매만지며

오토바이의 신호 소리에 귀를 쫑긋 세우는

팔십 노인의 바쁜 손길이 문틈으로 보인다

엄마보다 두어 살 적게 드셨다는데

날마다 오토바이 뒤에 엄마를 태우고

장터 게이트볼 장에 붙어 다닌다고, 옆집 당숙은,

허 참 허 참 혀끝을 차가며 내게 일러바쳤다

나는 속으로 퍽 쟁그러운 마음이 되어

아버지가 심으신 은행나무 아래 평상에 앉아

담배 한 대 무시고 서편 하늘을 바라보시는
얼굴 빛 환한 어른께 꾸벅 인사를 올렸다

'허 저런 고연 놈 보게,' 하는
아버지 목소리 하늘가에서 들리든 듯 하였으나
곱게 단장한 얼굴로 현관문 나서는 엄마에게
나는 기꺼이 은밀한 공모자가 되어드리고 싶었다

낯선 남자 등을 껴안는 모습 보이시는 게
조금은 쑥스러우실지도 모른다는 생각에
어르신 담배 이름이나 기억하며 얼른 돌아섰다
은행나무 가지에 고양이 혀만한 잎새들 돋아나고
자두나무 꽃 몽우리 한창 부풀어 오르던 날이었다
　　　　　－「사랑은 오토바이를 타고 온다」, 시집 『밥꽃』에서 인용

  어느 날엔가는 그 어른께서 은행나무 아래 평상에 앉아 담배를
태우시며 하늘을 올려다보고 계셨다. 나는 그 어른께 가만히 다가
가 '제가 막내아들이라고, 어머니를 잘 챙겨 주셔서 고맙다'고 넙죽
인사를 올렸다. 얘기를 들어 알고 계시다고 하셨다. 무슨 담배를
태우시는지 눈여겨보았다가 다음에 뵈었을 때 한 보루 사드리기

도 했다. 또 어느 핸가는 공주시 가족 게이트볼 대회가 열렸을 때, 두 분을 모시고 대회에 나가기도 했다. 막내아들이 하는 꼴을 하늘에서 바라보시던 아버지께서 '허 저런 고얀 놈 좀 보게나!' 하며 혀를 끌끌 차는 소리가 들려오는 것도 같았다. 하지만 아버지가 어머니에게 하신 일에 비한다면 뭐 그리 대수로운 일도 아니잖유, 하는 마음으로 하늘을 올려다보았다.

두 분의 접선 장소로 애용되는 집 앞 은행나무는 오십여 년 전에 아버지께서 나를 데리고 심은 것이었다. 열 그루쯤 심었는데 오랫동안 열매를 주고 시원한 그늘을 드리웠다. 한때 누가 우리 집의 위치를 물을 때면, 은행나무가 많은 집이라고 가르쳐 주면 쉽게 찾을 수 있었다. 그 나무들 가운데 지금은 세 그루만 남아 있다. 두 그루는 암나무고 한 그루는 수나무다. 암나무는 열매가 많이 달려 한 때는 제법 돈이 되기도 했는데, 지금은 헐값이라 귀찮은 존재가 되고 말았다. 하지만 수나무는 그늘이 넓어서 그 밑에 널찍하게 평상을 만들어 놓았는데, 집안사람에게는 물론 길을 지나는 동네 사람들에게도 시원한 쉼터 노릇을 하고 있다. 그런데 하필 그 나무 그늘이라니. 아버지로선 조금 야속할 듯도 하다. 나는 여름밤이면 동네 한 바퀴 산책을 하고 난 뒤, 그 평상에 누워 하늘의 별들을 바라보곤 하는데, 그 때마다 문득 문득 아버지가 내게 드리워 준 그늘에 대해 생각하곤 한다. 돈도 안 되고 은행 줍기도 귀찮으니 베어 버리자고 아내가 성화를 부릴 때에도 나는 꿋꿋이 은행나무를 지키고 있다. 아버지와 함께 했던 추억이 깃들어 있기 때문이다.

은행나무 그늘로
남으시다

돌아가시기 전 아버지는 당뇨 때문에 십여 년을 넘게 고생하셨다. 매일 돌아가며 팔과 다리에 인슐린 주사를 맞으셨다. 또 중풍으로 말년을 어둡게 지내셨다. 내가 아버지와 함께 한 세월은 35년이지만, 밖에 나가 공부하는 기간이 길었던 탓에 아버지와 밥상에 마주앉은 기간은 채 10년이 못 될 것이다. 아버지는 나름 공부도 많이 하시고 정치적인 일에도 관여를 하시며 지역 유지로 사셨지만, 어떤 역사의 식이나 사명감 같은 것은 별로 없으셨다고 생각한다. 다만 당신에게 부여된 세월 동안 성실하게 한 인간으로서의 삶을 열심히 사셨고, 팔남매의 자식들이 그런대로 세상살이를 할 수 있도록 최선을 다하셨다. 평생 술은 한두 잔이 전부였던 것 같다. 술 두어 잔을 드시고 흥이 오르시면 마루 끝에 나앉으시어 무릎장단을 치시면서 '청산리이~ 벼억계에수야아아~ 수이 감을 자랑 마아라~' 같은 시조를 부르시는 게 다였다. 그런 아버지를 닮은 탓일까, 아쉽게도 나는 형제 중에 노래를 제일 못한다.

어느덧 아버지가 떠나신 지 서른 해가 넘었다. 늦둥이 자식이 제 발걸음을 걷고 제대로 밥벌이를 하도록 그늘을 드리우시느라 당신께서는 참으로 오래 고생하셨다. 나는 아버지께서 태어나시고 나를 낳으시기도 한 그 집에서 여전히 살고 있다. 어려선 호랑이처럼 대하기 어려운 분이셨으나, 몸이 편찮으신 뒤로는 싱겁고 헛헛한 웃음을 많이 짓기도 하셨다. 나는 아버지가 그렇게 되신 게 꼭 내 탓인 것 같아 오랫동안 서럽고 죄송스러웠다. 하지만 당신께서는 크낙한 그늘을 드리운 한 그루 멋진 은행나무처럼 사셨다고 생각한다.

머리 위에 흰 구름 한 자락 얹은 채 파란 하늘에 고요히 잠겨 있는 은행나무 너머, 흐뭇하게 웃음을 짓고 계신 아버지께 꾸벅하고 고마움의 인사를 올린다.